DÉLUGE

ISBN 978-2-7427-8989-4

DOMAINE FRANÇAIS

DU MÊME AUTEUR

GÉOLOGIE, poèmes (prix Max-Jacob), Gallimard, 1958.
GENGIS KHAN, théâtre, Mermod, 1960 ; Actes Sud-Papiers, 1989.
L'ESCALIER BLEU, poèmes, Gallimard, 1964.
LA DÉCHIRURE, roman, Gallimard, 1966 ; Actes Sud, 2003.
LA PIERRE SANS CHAGRIN, poèmes, L'Aire, 1966 ; Actes Sud, 2001.
LA MACHINATION, théâtre, L'Aire, 1969.
LE RÉGIMENT NOIR, roman (prix Frans-Hellens, Prix triennal du roman), Gallimard, 1972 ; Les Eperonniers, 1987 ; Actes Sud, 2000 (nouv. éd. revue) ; Babel n° 647, 2004.
CÉLÉBRATION, poèmes, L'Aire, 1972.
LA CHINE INTÉRIEURE, poèmes, Seghers, 1975 ; Actes Sud, 2003.
LA SOURDE OREILLE OU LE RÊVE DE FREUD, poème, L'Aire, 1981.
ESSAI SUR LA VIE DE MAO ZEDONG, Flammarion, 1982.
POÉSIE 1950-1986 (prix de la Société des gens de lettres, Prix triennal de la Ville de Tournai), Actes Sud, 1986.
L'ÉCRITURE ET LA CIRCONSTANCE, Chaire de poétique de l'université de Louvain-la-Neuve, 1988.
ŒDIPE SUR LA ROUTE, roman (prix Antigone, Prix triennal du roman, grand prix de l'Union latine 2002), Actes Sud, 1990 ; Babel n° 54, 1992.
DIOTIME ET LES LIONS, récit, Actes Sud, 1991 ; Babel n° 279, 1997.
JOUR APRÈS JOUR, JOURNAL 1983-1989, Les Eperonniers, 1992 ; Babel n° 588, 2003.
HEUREUX LES DÉLIANTS, poèmes, Labor, 1995.
ANTIGONE, roman (prix Rossel), Actes Sud, 1997 ; Babel n° 362, 1999.
PROMÉTHÉE ENCHAÎNÉ D'ESCHYLE, adaptation théâtrale, Cahiers du Rideau, 1998.
JOURNAL D'ANTIGONE, journal 1989-1997, Actes Sud, 1999.
LES VALLÉES DU BONHEUR PROFOND, récits, Babel n° 384, 1999.
EXERCICE DU MATIN, poèmes, Actes Sud, 1999.
L'ÉCRITURE À L'ÉCOUTE, essais, Actes Sud, 2000.
THÉÂTRE COMPLET, Actes Sud-Papiers, 2001.
PASSAGE DE LA BONNE-GRAINE, journal 1997-2001, Actes Sud, 2002.
ŒDIPE SUR LA ROUTE, livret d'opéra, Actes Sud, 2003.
L'ENFANT BLEU, roman (grand prix de la Société des gens de lettres pour l'ensemble de son œuvre), Actes Sud, 2004 ; Babel n° 727, 2006.
LA GRANDE MURAILLE, journal 1960-1965, Babel n° 684, 2005.
EN NOIR ET BLANC. VU PAR LIONEL, nouvelles, Editions du Chemin de fer, 2005.
NOUS NE SOMMES PAS SÉPARÉS, poésie, Actes Sud, 2006.
LE PRÉSENT D'INCERTITUDE, journal 2002-2005, Actes Sud, 2007.
LE BOULEVARD PÉRIPHÉRIQUE, roman (prix du Livre Inter 2008), Actes Sud, 2008 ; Babel n° 972, 2009.
L'ATELIER SPIRITUEL, Actes Sud, 2008.
LA LUMIÈRE ANTIGONE, poème pour le livret de l'opéra de Pierre Bartholomée, Actes Sud, 2009.
POÉSIE COMPLÈTE, Actes Sud, 2009.
LES ANNÉES DIFFICILES, journal 1972-1983, Actes Sud, 2009.

HENRY BAUCHAU

Déluge

roman

ACTES SUD

à Myriam

Quand j'étais tout enfant, le sort d'aucun personnage de l'histoire sainte ne me semblait aussi misérable que celui de Noé, à cause du déluge qui le tint enfermé dans l'arche pendant quarante jours. Plus tard, je fus souvent malade, et pendant de longs jours je dus rester aussi dans l'"arche". Je compris alors que jamais Noé ne put si bien voir le monde que de l'arche, malgré qu'elle fût close et qu'il fît nuit sur la terre.

MARCEL PROUST

I

LA RENCONTRE

Pendant ma promenade ce matin j'ai pensé de nouveau que, jusqu'à la mort de ma mère, je n'ai pas vécu ma vie mais celle qu'elle aurait voulu avoir. Sous sa pression cachée je suis devenue une élève brillante, puis une étudiante qui a accumulé les diplômes et finalement je me suis retrouvée la plus jeune agrégée de France. J'ai appris, beaucoup appris comme elle aurait voulu le faire, j'ai eu l'air de penser. C'est après sa mort – un cancer foudroyant – que peu à peu j'ai commencé à comprendre que je ne vivais pas ma propre vie. Je l'ai vu vraiment, je l'ai ressenti dans tout mon être quand j'ai aussi été atteinte par la maladie que je croyais à tort inguérissable. J'ai ressenti une grande solitude, mes amis, mes admirateurs m'aimaient-ils ? Dans un sursaut désespéré j'ai téléphoné à celle qui avait été ma vraie amie et qui avait quitté Paris et ses études pour aller vivre autrement dans un port du Sud. Quand j'ai eu Margot au téléphone je n'ai presque fait que pleurer. Le surlendemain elle débarquait chez moi. Elle m'a écoutée longtemps, puis elle m'a dit : "Tu dois changer de vie, vends ton appart, quitte le monde universitaire et viens chez nous. Il y a de très bons médecins, bien au courant de ce genre de maladie. Je connais celui qu'on dit le meilleur. Cesse de vivre comme le voulait ta mère, risque-toi dans ta vie. J'ai des amis là-bas, ils t'aimeront tout de suite, tu ne seras pas seule. Nous t'aiderons à trouver jusqu'à ta guérison un petit travail pas trop fatigant."

Je l'ai crue. Avec une vitesse surprenante j'ai réglé mes affaires et je suis partie rejoindre Margot, qui m'avait trouvé déjà un petit logement.

Je suis plus heureuse, c'est vrai. Je n'ai plus besoin de briller. Je travaille avec des enfants mais je m'imagine toujours que la mort travaille en moi, comme elle a travaillé ma mère. La promenade et mes pensées m'ont fatiguée. Je m'appuie un moment sur le mur qui protège ce côté de l'ancien port. Les bassins qui sont en dessous n'abritent plus des bateaux mais d'énormes barges qui déchargent des barils d'essence ou engloutissent des caisses de déchets et de machines obsolètes pour les emporter vers des usines de retraitement. L'eau assombrie par des nappes d'essence est envahie, comme tout le bassin, par le tumulte des oiseaux de mer qui viennent là se nourrir des déchets qui tombent des camions ou des chalands.

Ce lieu m'attire par son grouillement, son bruit ravageur, j'imagine voir là en grand ce que la maladie opère en moi. Jadis c'était un des beaux bassins de l'ancien port, tout s'est agrandi et déplacé, maintenant ce n'est plus qu'une sorte de dépôt transitoire.

Il passe peu de monde ici à cette heure, je sens derrière moi quelqu'un, il tourne, il descend l'escalier, je le regarde, il est grand, fort maigre, des touffes de cheveux gris s'échappent en désordre de sa casquette de marin. Il tient sous le bras un carton à dessin, il a sur le dos un petit sac. Il me semble que je l'ai déjà vu.

Il s'assied sur une des dernières marches et, ouvrant son carton, en sort quelques feuilles et se met à dessiner. A l'encre de Chine, très lentement puis achevant brusquement. Il a des petites bouteilles à côté de lui et d'un pinceau hardi il ajoute parfois une couleur. Quand il termine un dessin, il le regarde assez longuement, puis le froisse et lorsqu'il est en boule le jette à ses pieds. A ce moment un nom me vient à l'esprit, c'est Florian, le fameux peintre dont on dit qu'il jette ou brûle la plupart de ses œuvres.

Un désir irrésistible, je descends l'escalier, je m'assieds derrière lui. Je souffle : "Vous êtes Florian ?

— Si vous voulez.

— Je vous admire beaucoup."

Il me tend une feuille et plusieurs crayons.

"Ne parlez pas, ne regardez pas. Dessinez.

— Je ne sais qu'assembler des couleurs, j'aurais pu travailler dans la mode.

— C'est bien. En attendant dessine."

Il continue à travailler. Je ne sais que dire, je ne dessine jamais. Je me souviens des plans de géométrie. J'en fais un. Je regarde ce qu'il dessine, c'est le grouillement des oiseaux de mer sur un chaland débordant de déchets. C'est fort, cela me fait souffrir, je sens grouiller en moi la maladie.

Il se retourne, me prend des mains mon dessin, y ajoute quelques traits et l'octogone que je commençais devient un mur. Celui qui barre ma vie. Il demande :

"Un peu de café ?

— Avec vous oui."

Il prend dans son sac un thermos, il me donne un gobelet avec du café très sucré. J'aime.

Quand j'ai fini, il s'en verse aussi, nous sommes à l'ombre, il a enlevé sa casquette, je le trouve beau, dévasté, le regard étrange. Je ne puis m'empêcher de demander :

"Comment savez-vous pour le mur ?"

Il ne répond pas, il biffe de façon affreuse son admirable dessin. Cela me fait souffrir, cela me fait du bien. Pourquoi ?

Il en commence un autre, je suis bien, il me semble que Florian doit ressembler à mon père. Celui qui est parti avant ma naissance et que je n'ai jamais connu. Je prends mon petit carnet et je note ce que je ne cesse de ressentir depuis que j'ai reconnu Florian. Tout est étonnant dans un monde que je ne connais plus.

Florian peint à l'encre de Chine blanche sur un grand papier noir une mouette, les ailes ouvertes. Il trace une croix sur le papier noir, il la crucifie, elle se débat, il la fixe par un grand clou qu'il tire de son pinceau. Il colle le papier au mur, il le regarde longtemps. La mouette, comme moi peut-être, se débat encore des ailes.

Il rassemble les dessins qu'il a jetés et avec un briquet il les brûle en regardant de tous côtés si personne ne le voit. Ma présence ne semble pas le gêner, nous sommes amis, je le sens.

A ce moment on entend une voix entre les barils, qui encombrent le quai à notre droite : "Qui est-ce qui fait du feu à côté du pétrole ?" Un énorme costaud au visage brun et coloré apparaît.

"Cinglé, vous êtes cinglé de faire du feu ici. Vous ne savez pas que c'est dangereux ?" Il saisit Florian aux épaules. Florian ne répond rien, il recule misérablement, sans se défendre. L'autre, en grondant toujours, piétine les cendres. Arrive un homme jeune, très beau, avec un extincteur, il commence à l'actionner sur les cendres. Florian s'est rétracté sur lui-même d'une façon à peine croyable, lui, si grand, semble tout d'un coup petit et terrorisé comme un enfant. Il recule et, pendant que les autres s'approchent, il arrache au mur la mouette crucifiée et commence à la brûler. Le jeune s'en aperçoit et veut braquer sur elle l'extincteur. Pour lui échapper Florian redresse sa haute taille et d'un grand geste jette son dessin en l'air où la mouette s'envole en flammes avant de retomber en débris dans le bassin. Le costaud gueule : "Ça alors !" Stupéfait, sa colère le reprend et il crie à nouveau : "Vous êtes fou, archifou. Foutez le camp, tout de suite !" Florian se réfugie contre le mur, tassé sur lui-même. A ce moment c'est moi, jusque-là sidérée, qui me mets en colère : "Qui êtes-vous ? De quel droit criez-vous comme ça ? Il n'y a aucun mal. Tout le monde peut venir au port.

— Ma petite, c'est moi qui ai la responsabilité du pétrole tant qu'il n'est pas évacué.

— Ça ne vous donne pas le droit d'insulter cet homme. C'est un peintre. C'est Florian.

— Laisse tomber, Albert, dit le jeune. Elle a raison, il n'y a rien eu de mal et ce type, quand j'étais à l'académie, j'en ai entendu parler. J'ai vu des reproductions, on disait qu'il était pas mal timbré, mais un grand peintre.

— Tout ça n'est pas possible, Simon, tu as vu ce dessin de mouette qu'il a jeté en l'air et qui volait en brûlant ? Ça n'existe pas !

— Ça n'existe pas, mais nous l'avons vu."

Il se tourne vers moi, il est visible que je lui plais. "Vous l'avez vu et M. Florian aussi.

— Je l'ai vu.

— Vous vous appelez ?

— Florence.

— Moi, c'est Simon, le mécanicien des camions de la société d'Albert. Les dessins de Florian, il les brûle tous ou il en vend ?

— On dit qu'en général il les froisse ou les brûle."

Albert demande : "Est-ce qu'il va revenir encore brûler ? Je ne veux pas interdire, mais c'est dangereux.

— C'est ma faute, dit Florian, encore tout tassé sur lui-même et troublé. J'ai été trop longtemps à l'hôpital. Je peux dessiner n'importe où mais faut pas que des gens viennent."

Albert est décontenancé, touché. "Revenez quand vous voulez, le mieux c'est avec elle. Simon n'est jamais loin, avec son extincteur."

Florian ouvre son carton, sort un dessin, le signe et le donne à Albert. Je regarde avec eux. C'est un énorme camion blanc qui sort d'un tunnel et s'arrête sur le quai, on croit entendre son rugissement quand il s'arrête. Albert et Simon sont ébahis, c'est ce qu'ils vivent et pourtant ce camion est une étrange bête sauvage. Ils sentent qu'il pourrait lui aussi s'élever dans les airs ou se précipiter dans l'eau.

Albert le tient avec hésitation :

"C'est que ça vaut beaucoup et il n'y a pas de raison."

Je vois de la tristesse monter dans le regard de Florian, je dis :

"Il ne vous donne pas de l'argent, il vous donne de l'amitié."

Florian est heureux, je l'ai compris, il se redresse, il est plus grand qu'Albert, le vent fait battre ses cheveux gris. Il tend la main. Albert, ému, la serre dans la sienne, Simon aussi.

"Je le vendrai pas, faut pas craindre, on gagne bien sa vie et Simon va me le faire encadrer. Revenez quand vous voulez." Ils s'en vont tous les deux, Florian rassemble ses affaires et remonte l'escalier avec peine, je ne me rendais pas compte qu'il était à la fois si vivant et si… on dirait usé.

"Tu reviendras ici avec moi ?"

Je suis touchée par ce tutoiement.

"Oui je viendrai demain, j'ai le temps.

— Ramène-moi à l'hôtel. Ne me laisse pas aller au café… le vin…

— Je vous ramène, mais à quel hôtel ?”

Il prend mon bras et me guide vers l’hôtel.

“Il faut que tu m’aides à manger, à ne pas trop boire, à dormir. A Paris, c’est Hellé qui fait ça.

— Hellé ?

— Elle est dans la réalité, comme toi, c’est elle qui m’a tiré de l’hôpital. Elle m’a dit de quitter Paris, elle s’occupe de tout, de l’argent, des tableaux, de ma folie.”

Il dit :

“Ton bras est très léger.”

Nous arrivons à l’hôtel qui semble anonyme et confortable. Il dépose ses affaires et nous allons déjeuner ensemble dans un bistrot que j’aime. Pendant le repas je suis drôle comme je peux l’être, il rit, il est content, il boit un peu de vin. Je lui propose de l’emmener avec deux amies à une fête, quelques jours plus tard.

“On s’amusera, on n’est pas invités mais on y va comme si on l’était. Si nos hôtes s’en aperçoivent, il est trop tard, nous nous sommes fait des amis, ils ne peuvent plus nous renvoyer. Venez, ce sera très gai, le luxe, une fois par semaine, c’est amusant.”

Il sourit, il ne répond pas, il prend mon bras et s’appuie sur moi, il est un peu ivre. Il demande sa clé au concierge. Il vacille, je dois le soutenir dans l’ascenseur. Dans un salon où il y a des cabines téléphoniques, il me donne un numéro de téléphone et me prie de le composer.

“C’est celui de Hellé”, dit-il. Quand je l’ai au bout du fil, je pose l’écouteur à l’oreille de Florian et suis surprise de ce que j’entends. Ce sont des petits mots tendres et sans suite, des roucoulements, des chuchotements et des frôlements doux pour l’oreille.

Après un moment il me dit :

“Elle veut parler avec toi. Je vais dans ma chambre. A demain.”

Je prends le récepteur qu'il me tend, j'entends : "Ici, le docteur Hellé."

Je ne sais que dire, heureusement c'est elle qui parle. Elle a une voix très précise et douce. Elle pense qu'il ne faut pas qu'elle vienne, comme Florian le lui a demandé :

"Il a besoin d'autre chose, peut-être de vous.

— De moi madame ? Mais je ne le connais pas et je n'ai jamais fait ça.

— Aider les autres, ça s'apprend, la peinture aussi. Je vous rappellerai dans quelques jours. A bientôt." Elle raccroche.

Deux jours plus tard elle me rappelle : "Florian m'a parlé de la façon dont vous l'avez assisté au port et de la manière dont vous l'avez réconcilié avec l'homme qui criait sur lui. Vous dites que vous ne le connaissez pas.

— C'est vrai. Mais j'ai beaucoup de sympathie pour lui.

— Vous le connaissez mieux que vous ne le croyez. Vous avez une voix qui le rassure, vous êtes – il me l'a dit – légère à son bras. C'est ce dont il a besoin pour travailler et pour sa santé. C'est un moment important de sa vie, il veut faire une très grande toile, il ne peut pas tout seul.

— Pourquoi madame ?

— Il la brûlerait, Florence.

— Il la brûlerait ? C'est affreux mais ce n'est pas moi qui peux l'en empêcher, c'est son affaire.

— Vous vous trompez Florence, c'est notre affaire à tous. Vous étiez prof à Sciences-po ?

— Maître assistante seulement, écrasée de diplômes.

— Vous avez bien fait de partir. Pour quelle raison ?

— Maladie.

— Quelle maladie ?"

Je le lui dis.

“Ça se guérit aujourd’hui. Travailler avec Florian vous aidera. Et vous faites quoi maintenant ?

— Employée temporaire, dans un jardin d’enfants.”

Le docteur Hellé me parle de Florian, de ses terreurs, de sa sauvagerie, de sa bonté, de ses fuites.

“Je suis médecin, je l’ai rencontré un jour. A ce moment il était près de mourir, il ne mangeait presque plus, après un accident terrible. Un hôpital de province l’a envoyé chez nous. Il revenait d’années de voyage, il avait continué à dessiner et peindre, mais il ne signait plus et il dépérissait. Il a eu une très forte crise pendant laquelle il a eu une vision qui est toujours vivante en lui, mais il la cache. Après un long traitement, on lui a donné un atelier à l’hôpital, il a recommencé à peindre. Il brûlait beaucoup, nous l’avons laissé faire. Un jour il a cessé de tout brûler, il a accepté quelques fois de signer et de laisser vendre quelques toiles et dessins.

— Sa peinture d’aveugle.

— Vous avez senti cela, c’est peut-être juste.”

Une peur me saisit : “Florian est génial, mais est-ce qu’il n’est pas fou, madame ?”

La réponse surgit de la même voix douce : “Il a des côtés fous, est-ce que nous n’avons pas tous nos moments de folie ? Vous avez votre maladie ? Lui délire plus que les autres, c’est tout.”

Je soupire : “Je suis idiote.

— Non, je sens que vous êtes quelqu’un de bien. Vous êtes peut-être celle qu’il doit rencontrer.”

II

JERRY

Le lendemain matin je retrouve Florian sur l'escalier du port. Il se lève pour m'accueillir, j'ai envie de l'embrasser, mais je n'ose pas. Il me tend une feuille à dessin, je fais des signes qu'à mon grand étonnement je sens naître en moi, mais c'est du barbouillage, j'en mets trop et mes lignes ne sont pas nettes. Je dépose ma feuille, je reprends mon petit carnet et je recommence à noter les faits d'hier et d'aujourd'hui.

Il se retourne, prend ma feuille, me montre comment tenir mieux mon pinceau et me rend mon travail. Je m'applique, il y a moins de bavures. Quand j'ai terminé je lui touche l'épaule et il regarde longtemps ce que j'ai fait, comme si ce n'était pas un gribouillage. J'en suis touchée, alarmée aussi je ne sais pourquoi. Il ajoute à mon dessin quelques touches de couleurs violentes.

L'œuvre ne me paraît pas changée, je ne sais vraiment pas dessiner mais maintenant, à l'aide des traits de Florian, je vois ce que j'ai voulu faire sans le savoir. C'est le bassin devant lequel nous sommes et ses hauts murs, quelques touches doivent signifier les oiseaux de mer.

Je suis stupéfaite, hier le mur, aujourd'hui le bassin enfermé, voilà ce qu'il m'a fait voir et qui correspond si bien à l'état dans lequel je suis.

Je vois qu'il ne brûle plus ses dessins, il les froisse et les met dans son sac qu'il a apporté. Albert survient : “Alors, aujourd'hui vous ne brûlez pas ou vous ne dessinez plus ?”

Florian lui montre son sac : “Poubelle.

— Vous ne gardez rien ?

— Peut-être un, Florence l'enverra à Hellé.

— C'est qui Hellé ?

— Celle qui s'occupe de tout pour moi.”

Il y a des grondements de moteur, Albert s'en va. Je pense déchirer mon dessin. Je lui demande : “Poubelle ?

— Non, mets-le dans mon carton.”

En le glissant dedans je m'aperçois que mon dessin d'hier y est aussi.

“Vous gardez mes griffonnages ?”

Il ne répond pas, il sourit.

J'installe ce que j'ai apporté pour déjeuner, des fruits comme il me l'a demandé, du pain, du miel, un peu de chocolat et du café. Je ne puis retenir la question qui me brûle les lèvres :

“Vous avez fait des dessins ce matin ?

— Terrible, terrible… ces oiseaux charognards ! La mer derrière qu'on ne peut pas voir.

— Elle n'est pas loin.

— Si, toujours loin… la mer… la terre aussi.”

Il dit ça durement. Il me voit décontenancée et dit soudain, d'une voix très douce : “Mon petit…”

Nous remontons l'escalier. Arrivés sur la jetée en haut je suis à nouveau étonnée de le voir si grand, la poitrine gonflée par le vent. Il est beau, de la beauté d'une tour ancienne, ravagée par le temps. Il me demande de le raccompagner à son hôtel.

“Je ne peux pas, je suis prise par les enfants jusqu'à quatre heures.

— Pourquoi par des enfants, toi intello, non ?”

Il a l'air amusé, et timide, un air d'enfant.

“Oui, intello, mais je change. Est-ce que demain soir vous viendrez avec nous à la fête ? Mes copines sont si gaies, elles seront si contentes.

— Tu viendras m’aider ?

— A vous préparer. Je viendrai. A demain soir.”

Dans la soirée suivante je le retrouve à son hôtel, il a pris une douche, il s’est rasé. Il a mis une veste et un pantalon bleu et à la place de la chemise un maillot de même couleur. Habillé, il me fait penser à un vieil officier de marine.

“Les amies qui vont venir sont deux, nous formons la bande des trois. Il y a Margot, ma grande amie, c’est notre chef, elle organise et dirige tout, l’air de rien, et toujours juste. Antoinette est plus douce, plus tranquille. Vous verrez c’est une fille charmante aussi belle que Margot mais moins visible, et qui chante très bien.”

J’ai l’impression que Florian a pas mal bu cet après-midi, ce sera un problème. Margot et Antoinette arrivent, je leur ai parlé de Florian et je vois tout de suite qu’elles ne l’effarouchent pas et qu’ils vont s’entendre.

Nous montons dans la voiture de Margot, Florian refuse de se placer devant, à côté d’elle. Il m’entraîne à l’arrière et, quand il est installé, prend ma main dans la sienne. Margot explique que nous allons chez des gens très riches, lui est armateur et a des intérêts dans beaucoup d’affaires. Il excelle dans tout cela. Elle est avocate, un peu lettrée, un peu musicienne, elle ne pratique plus beaucoup depuis qu’elle a un petit garçon. L’armateur possède quelques tableaux achetés à Londres ou à Paris avec l’aide d’experts.

“Il n’a pas d’œuvre de vous, il trouve les prix surfaits. Je le sais car je travaille dans une de ses boîtes et je connais bien sa secrétaire.”

Florian ne dit rien, il a l'air éberlué, il demande à Antoinette : "Voulez-vous me donner votre main ?... Elle est douce et timide comme vous, votre voix est très belle. Celle de Florence aussi, mais différente... un cri d'alouette, un saut de biche."

Il parle très bas, comme s'il se parlait à lui-même. Nous sommes trois filles, vives comme des truites, nous attrapons ses mots au vol et nous sommes heureuses. Surtout moi qui sens revenir en moi un père inconnu, génial et magnifique.

Une belle allée, toute bordée de voitures dans ce qui est presque un parc. Grand éclairage, manifestement beaucoup de monde. "Oh là là, dit Antoinette, nous n'aurons pas les robes qu'il faut. Est-ce qu'on nous laissera entrer ?

— Viens avec moi, dit Margot, nous allons annoncer la célébrité à la dame. Elle va se mettre en quatre."

Nous attendons quelques minutes, Antoinette revient : "Margot est déjà copine avec notre hôtesse qui s'appelle Inès. Elle lui a demandé pour Florian un petit espace protégé, il ne faut pas qu'il se fatigue trop."

Florian sort de la voiture. Qu'il est grand lorsqu'il est déplié. Il prend mon bras et se laisse conduire comme s'il était aveuglé par la lumière qui vient de la maison. Inès nous attend sur le seuil, belle, élégante, mais pas trop. Florian la remercie avec beaucoup de grâce de son accueil, puis ne dit plus un mot. Inès est déconcertée. Elle nous fait traverser plusieurs salons, le nom de Florian prend forme de rumeur chez les invités.

Le maître de maison nous accueille avec un flot de paroles aimables auxquelles Florian ne répond pas. Il est fatigué, il vacille un peu, son bras tremble en s'accrochant au mien. Inès s'en aperçoit et le guide vers un fauteuil dans un petit salon latéral.

Il s'endort à demi. Des gens veulent lui parler, qui connaissent ou font semblant de connaître son œuvre. Il sourit et, sans ouvrir les yeux, tourne la tête vers moi, alors je leur fais une réponse vague et ils s'en vont contents. L'un d'eux lui demande s'il ne peut pas lui acheter un dessin pas trop cher. Il paiera comptant…

Florian ouvre des yeux qui sont plus larges, plus bleus que je ne croyais. Il se tourne de nouveau vers moi : "Dis-lui que c'est le Dr Hellé qui s'occupe de tout."

Je redis son message à l'amateur qui s'en va confus.

Quelqu'un m'invite à danser, j'hésite mais Antoinette, qui a déjà beaucoup dansé, survient : "Vas-y, je resterai près de lui." Je danse, j'adore danser, mon partenaire est drôle et un peu mou. Heureusement car je n'ai aucune envie de devoir me défendre.

Un nouveau danseur me fait vraiment rire, je m'amuse, je suis jolie, je sens qu'on parle beaucoup de nous, de moi dans les salles où l'on danse. On détaille ma robe. "Sa simplicité admirable comme toujours, son génie des couleurs qui vont ensemble", souffle Margot à Inès.

Je reviens à côté de Florian, je m'aperçois avec surprise qu'il a son carton à dessin, Antoinette est allée le chercher dans la voiture. Florian déplie sa haute taille, pourquoi ? Il veut danser avec moi. Je me sens inondée de joie comme si mon père était revenu pour me faire danser. Florian me tient avec force, c'est cela qui me comble et il danse très bien. Cet enchantement dure quelques moments, puis je sens qu'il se fatigue. Margot danse près de nous, elle voit que Florian a besoin d'aide. En le soutenant chacune d'un côté nous le ramenons non sans peine à son fauteuil. Il dit brusquement : "Du vin et du café."

Margot très vite lui apporte du vin, il boit, peut-être un peu trop et dit : “Excellent !” Antoinette lui apporte du café. La bande des trois est rassemblée autour de Florian et je sens que nous sommes brillantes et que beaucoup de gens passent devant la porte pour nous voir.

Florian prend ma main et celle de Margot et ferme les yeux. Est-ce qu’il s’est endormi ? Soudain nous ressentons une sorte de courant dans nos mains, il a ouvert les yeux, il regarde quelque chose de merveilleux qui le fait sourire.

Nous nous retournons et voyons un jeune garçon sur la dernière marche de l’escalier en face de nous. Il a un pyjama clair, il est pieds nus et vient de s’éveiller car il se frotte les yeux. Il nous regarde et vient vers nous en trottinant. Toutes les trois, instinctivement, nous lui tendons les bras, ce n’est pas vers nous qu’il se dirige, mais vers le regard et le sourire de Florian. Sans hésiter il grimpe, avec son aide, sur ses genoux et se blottit contre lui. Florian dit : “Moi c’est Florian.”

L’enfant le regarde dans les yeux :

“Moi, c’est Jerry…”

Nous entendons que Florian lui souffle à l’oreille :

“Toi c’est Jerry dans l’île.”

L’enfant sourit tout heureux, il ne sait pas bien ce qu’est une île, mais il devine que c’est merveilleux. Florian penche sa tête vers l’oreille de l’enfant et par des sons très légers, plutôt que par des paroles, il raconte à ses cheveux blonds et à une petite oreille ce que doit être une île pour eux deux. Jerry est content, il sourit et soudain s’endort à demi. Florian me fait signe, il veut un carton et des crayons. Il commence à dessiner, Jerry appuyé sur son épaule et les jambes étendues sur les genoux d’Antoinette.

Inès est là, elle prend Jerry dans ses bras, il coule son visage contre son cou. Elle l'embrasse, elle le câline, elle voit dans les yeux de Florian qu'elle est plus belle ainsi qu'elle ne l'a jamais été. Elle sait que pour être vue dans sa beauté il faut des yeux capables de la voir. Florian est ce regard intermittent et glorieux.

Elle dit : "Il faut retourner dormir, mon chéri." Et elle veut l'emporter vers l'escalier. Il résiste, tout son petit corps se raidit, il crie : "Non, non !" Il va pleurer.

Je vais vers elle : "Laissez-le-nous, avec tous ces visages nouveaux et la musique, il ne pourra pas dormir. Florian va lui raconter une histoire quand il sera calmé puis nous le porterons alors dans son lit."

Elle me le confie, mais Jerry ne veut pas rester dans mes bras, je le sens, je le dépose à terre, il court vers Florian, fait l'ascension de ses genoux et se pelotonne contre son épaule. Florian me demande le dessin qu'il a prestement glissé dans son carton et sort ses crayons de sa poche. Quand il lui a conté une nouvelle histoire Jerry s'endort sur son épaule. Jerry endormi naît sous ses crayons, dans son abandon, sa fragilité et sa surprenante beauté. Pour bien tenir le carton je dois être tout près de Florian, je vois grandir dans ses yeux tous les signes de l'amour et dans la mesure où je peux le voir je retrouve les mêmes traces sur le dessin. A ce moment Antoinette, qui à côté de nous regarde la scène avec la même admiration que moi, se lève et me souffle : "Inès est à l'entrée du salon et Margot tente de la persuader de ne pas aller déranger Florian, quand il dessine."

Inès ne l'entend pas ainsi, sa curiosité est la plus forte, elle pense qu'elle peut se faufiler dans la pièce sans qu'il l'entende. C'est ce qui se passe, tant il est absorbé par son dessin. Elle est trop près, il sent peser sur lui son regard au moment où il achève son œuvre par quelques coups d'estompe. Il saisit le dessin et le cache dans le carton à dessin. Il se lève très doucement avec Jerry sur son épaule, il s'avance sans un mot vers l'escalier. Inès veut lui reprendre l'enfant puis sent que c'est impossible. Elle l'accompagne avec nous, il saisit la rampe de sa main libre et commence à monter lentement les marches. Il entre dans la chambre pleine de jouets, il va vers le lit, Inès veut reprendre l'enfant pour le recoucher, il ne la laisse pas faire malgré ses protestations : "Mais, mais… c'est moi sa mère."

Il pose l'enfant dans le lit avec des gestes très doux, embrasse sa petite main, le couvre et sort de la chambre en nous poussant devant lui, éteint la lumière et ferme la porte. Inès est encore plus abasourdie que nous : "Il va peut-être pleurer s'il s'éveille sans lumière." Florian, de la tête, fait non et retourne à sa place. Inès s'éloigne vers ses invités. Florian fait signe à Antoinette de nous laisser. Il sort le dessin de Jerry de son carton, qu'il est beau, qu'il est rapide, on dirait un clignement des yeux.

Il trouve au fond de son carton une boîte d'allumettes. Il va le brûler. Je ne peux résister à mon impulsion, je le supplie : "Ne le brûle pas, ne brûle pas Jerry."

Soudain il crie : "Personne n'a le droit de regarder quand on dessine. Je les déteste…"

Il craque l'allumette.

"Je les déteste !

— Ce sera mauvais pour Jerry, si tu le brûles."

Ce cri sorti du fond de moi-même le touche, il dit : "Allume-le." Je ne peux pas faire autrement. De sa main gauche il a saisi mon poignet, de la droite, il a retiré le carton. C'est mon poignet, irrésistiblement conduit par la main de Florian, qui roussit le centre du dessin, par en dessous. Margot arrive. Il lui fait signe des yeux : la bouteille, la bouteille ! Margot l'a prise et verse de l'eau sur le dessin. Florian lâche mon poignet.

Il regarde le dessin, les endroits touchés légèrement par la flamme font ressortir la grâce du visage et du corps.

"C'est plus beau ainsi."

Je dis : "Tu ne vas pas brûler Jerry. Jerry sur tes genoux.

— Je devrais le brûler. Je déteste ceux qui regardent.

— Ne brûle pas Jerry, donne-lui ton dessin, allons le mettre sur son lit.

— Vas-y toi, et que Margot m'apporte à boire."

Je prends le dessin : "Signe-le !"

Il hésite, il le fait. Je grimpe l'escalier quatre à quatre. Je pousse essoufflée la porte et je vais jusqu'au lit où Jerry dort en souriant parfois comme il faisait en écoutant les histoires à voix basse de Florian. Je dépose le dessin au pied du lit et reviens très vite.

Je ne sais plus comment nous sommes revenus. Florian en piteux état. Et nous, la bande des trois, avec des crises de larmes et des fous rires. Heureusement cela n'empêche pas Margot de conduire. A l'hôtel nous parvenons à le ramener dans sa chambre. Antoinette décide de rester dormir dans un fauteuil près de lui. Je ne me sens plus la force de retourner chez moi. Avec Margot nous prenons une chambre, malgré le prix au-delà de nos moyens. Le matin, Antoinette arrive : "Il a fait un cauchemar au milieu de la nuit, j'ai eu peur, maintenant il dort tranquillement."

III

LE TÉLÉPHONE

Antoinette et Margot partent en vitesse à leur travail. Je monte chez Florian. Il a l'air paisible, il s'éveille mais ne semble pas reprendre conscience ni me reconnaître. Le téléphone sonne, je lui tends l'écouteur. C'est Hellé. Il lui raconte la soirée de la veille, je ne reconnais presque rien, sauf des couleurs, toutes les couleurs qu'il a traversées : le bleu de la voiture, la grande avenue verte, un brun et un noir qui sont Inès et Margot, une sorte de pleine mer soleil couchant, c'est sans doute l'équipe des trois filles, puis des scintillements bigarrés des robes et des smokings, la danse qui est rouge comme un tapis et enfin l'île de Jerry. Il s'arrête. Je pense qu'il est très fatigué et va s'endormir. Mais non il dit :

"Hellé voudrait te parler, va au téléphone dans le salon bleu. Fais-toi passer la communication là."

Je descends au salon bleu. On me passe la communication. C'est le Dr Hellé, je suis contente d'entendre sa voix qu'on dirait toujours souriante. Elle dit :

"Parlez-moi de la chose importante."

Je suis prise de court, elle précise :

"Parlez-moi du feu. Vous l'avez laissé naître et avez su l'amener à l'éteindre. Personne jusqu'ici n'a pu faire ça.

— Ce n'est pas moi, c'est Jerry, le fils d'Inès.

— C'est peut-être Jerry mais à travers vous.

— Pour moi aussi, la rencontre avec Florian est importante.

— C'est ainsi, on croit lui donner et c'est lui qui donne."

La voix de Hellé change : "J'ai une proposition à vous faire. Je commence par un certain nombre de choses pratiques : il faut souvent l'emmener au bord de la mer.

— C'est que je n'ai pas de voiture.

— Achetez-en une. Il a beaucoup d'argent auquel il ne touche presque pas sur son compte. J'ai pas mal de tableaux et de dessins à vendre. Les collectionneurs du monde entier nous assaillent et nous ne vendons qu'au compte-gouttes. Ce qui compte c'est sa santé et la grande œuvre qu'il veut réaliser. Il a besoin de quelqu'un qui s'occupe de lui à plein temps.

— Je ne peux pas, j'ai mon travail.

— Démissionnez, je vous ferai un contrat vous assurant ce que vous gagniez du temps de Sciences-po. Donnez-moi votre adresse pour que je puisse mettre cela au point, envoyez-moi aussi un CV.

— Je ne peux pas me décider si vite, je suis malade.

— Vivre à côté de lui vous guérira peut-être. Vous apprendrez beaucoup.

— Est-ce que je devrai l'empêcher de brûler ses dessins et ses tableaux ?

— Non, il est libre. Peut-être qu'avec vous il pourra faire sa grande œuvre, sans la brûler ensuite. Il a beaucoup d'argent sur lui, il sera soulagé de vous le confier. Ouvrez un compte à son nom et au vôtre. Louez un grand appartement sur deux étages pour une très grande toile, s'il veut. Installez son atelier et trouvez un jeune peintre pour faire ses préparations de toile. L'argent ne compte pas, ce sont ses dernières années, ses dernières chances de s'accomplir. Vous me comprenez ?

— Je crois, mais laissez-moi le temps de réfléchir, je ne peux pas me décider si vite.

— Vous avez raison. Florian vous aime beaucoup, moi aussi."

Elle raccroche.

Je suis abasourdie, je remonte en hâte chez Florian en pensant : ses dernières années.

Il est en train de se raser. Il a l'air bien. Comment se fait-il qu'à certains moments sa vie n'ait plus l'air de tenir qu'à un fil ? Il ouvre l'armoire, dans sa veste de velours il y a une enveloppe avec un paquet d'euros. Florian dit : "Payez pour moi, l'hôtel et tout. C'est ce que Hellé souhaite et moi aussi." Il reprend son rasoir. Je dis : "Je reviens", je vais payer la note de Florian à l'hôtel et me précipite pour téléphoner à Margot. Je suis troublée, je n'ai jamais eu autant d'argent sur moi. Et acheter une voiture ? Louer un appartement ? Heureusement Margot est libre. Je lui raconte l'entretien avec Hellé.

"Acheter une voiture, c'est facile. Je te l'amène à midi, je viens déjeuner avec vous. Tu veux une sport ou une ordinaire ?

— Ordinaire, je t'en prie."

Margot rit : "Assez grande pour quatre. Je te l'amène."

Margot arrive avec une voiture neuve, peu voyante. Nous allons déjeuner ensemble. Florian ne boit presque pas et mange très peu.

Je prends le volant et je ramène Margot à son bureau. Pendant le trajet, elle me dit : "Pour l'appartement, attends le chèque. Antoinette est bien placée pour ça. Son ami travaille dans une agence immobilière. Il nous en trouvera un.

— Je vais demander un long congé de maladie."

Margot est impressionnée mais perplexe.

“Tout ça est fabuleux, dit-elle, et tu sais bien que le fantastique n’est pas mon domaine.” Alors Florian, qui semblait avoir l’esprit ailleurs, se met à rire.

Margot déposée, j’emmène Florian assez loin, vers des rochers, qu’il m’indique. Il y a là une vue très belle sur le golfe. Il ne regarde rien, parfois il se penche un peu, c’est toujours pour regarder une pierre, un caillou presque invisible, parfois une fleur. Il me fait remarquer leur texture, leur couleur, et puis soudain son intérêt tombe, il jette ce qu’il tenait et j’ai l’impression qu’il n’est plus là. Je l’emmène plus loin sur une grande plage où il n’y a personne. C’est un endroit que j’aime, où Margot m’a souvent emmenée ; je me dis : Puisqu’il ne s’intéresse à rien, que j’aie au moins du plaisir. Il marche sur le sable, il ne se traîne plus, nous enlevons nos chaussures, nous marchons pieds nus dans la mer qui est encore trop froide pour se baigner. Il a l’air heureux. Il dit : “C’est bleu, c’est bleu”, et, par bribes, il me raconte des choses qui doivent venir de son enfance. “Tout est noir, tout est gris, les escaliers sont très étroits et effrayants, les toilettes sur le palier puent, j’en ai peur. Dehors aussi c’est gris, avec du blanc qui traîne… On change souvent de maison… ce sont toujours les mêmes rues, pleines de garçons qui jouent en criant très fort… qui vous poursuivent… qui vous tabassent jusqu’au moment où vous faites une crise et devenez plus fort qu’eux. Il y a des grandes filles maigres… parfois elles sont gentilles… parfois elles sont terribles… on ne comprend rien.”

Pendant qu’il parle, il ne regarde que le sable où parfois il ramasse un coquillage qu’il regarde un instant, puis me donne. J’ai l’impression de n’en avoir jamais vu d’aussi beaux. Il tourne un instant la tête vers la mer et d'un geste me fait voir un rayon qui, fusant à travers des nuages, éclaire les vagues ou un reflet du ciel sur le sable. Ces choses-là, ces instants, je ne les aurais jamais vus toute seule, il faut peut-être ne pas regarder comme lui pour percevoir des modifications si fines. En revenant, il profère des mots longuement interrompus : "Les voitures… toujours les voitures… les terrains vagues couverts de bagnoles… que mon père réparait. La sienne… vendue… rachetée… vendue. La mécanique. Comment peindre et dessiner avec la mécanique et le cambouis. Et boire… les cris… les coups… aller le rechercher dans les bars. Un jour il s'est fait casser… il était là par terre devant le café, le SAMU est venu… et c'est papa qui a été condamné… Dans une chambre… son odeur, avec des gens en noir. Du noir, toujours plus noir… et papa en prison ou peut-être… jamais d'argent. Papa, maman, qui se donnent des coups… si on essaie de les protéger, on reçoit les coups à leur place. Beaucoup de temps tout seul… parfois dans leurs bras, alors heureux… Un jour papa, puis maman partis, plus revenus… On a dit : orphelin… Comprenais pas ce mot !"

Pendant quelques jours, comme le veut le Dr Hellé, j'emmène Florian au bord de la mer l'après-midi. Le matin, il va au bassin des camionneurs. Il est fasciné par l'immense décharge, la clameur des oiseaux et la ronde intermittente des camions. Albert et Simon sont devenus ses amis, ils ont toujours un extincteur à proximité quand il brûle ses dessins, mais il leur permet de les voir avant. Je regarde tout cela, assise sur l'escalier, je dessine, j'écris, je lis. Je suis aussi regardée, surtout par Simon, et cela ne me déplaît pas.

A midi, je prends la voiture et je conduis Florian au jardin où toujours, près d'un banc, joue Jerry. En nous voyant il saute, en criant de joie, dans ses bras. Quel bonheur ! Puis dès que Florian est assis sur le banc, il grimpe sur ses genoux et se blottit contre son épaule. Ils se parlent à l'oreille, l'un à l'autre, mais ce ne sont pas seulement des histoires de mots qu'ils se racontent, ce sont des sons, des coups d'œil, de petits gestes précis et doux et beaucoup de rires. Cela dure quelques minutes et on peut voir qu'ils sont très heureux. Inès est jalouse de Florian. Soudain ils se séparent, Jerry court à la recherche de sa maman et Florian, relevant son énorme taille, prend mon bras pour revenir à la voiture.

Parfois nous rejoignons pour déjeuner Albert et les camionneurs, ils emmènent Florian dans un café, je les suis, j'ai dit à Albert de ne pas le laisser trop boire. Il a demandé : “Pourquoi, si c'est son plaisir ?” Je n'ai pas répondu, mais il s'est vite aperçu que, s'il boit beaucoup, Florian s'enivre et devient dangereusement silencieux.

Quand nous sommes au bord de la mer, Florian, comme le premier jour, tout en ne regardant rien voit tout ce qu'il y a à voir. Souvent j'ai l'impression qu'il n'est plus là, mais quelque part, très haut dans le ciel, d'où il regarde avec des yeux indifférents nos deux petits personnages sur le sable.

IV

J'AIMERAIS TELLEMENT PEINDRE

Pendant ce temps Margot fait des merveilles. Elle a parlé à Inès, le mari de celle-ci a une sorte d'entrepôt vitré et sec, avec des galeries sur trois étages, qui peut faire un très bon atelier. Le chèque est arrivé, un très gros chèque. Je suis stupéfaite d'avoir tout d'un coup tant d'argent à gérer pour le compte de Florian. Margot a acheté d'occasion un superbe échafaudage roulant, grâce auquel Florian pourra faire l'immense tableau qu'il médite. Tout près, nous avons loué un grand appartement où nous allons nous installer avec lui, comme le veut Hellé.

C'est samedi, Margot est libre. Elle nous accompagne au bord de la mer. Inès lui a confié Jerry. Elle aurait voulu venir aussi mais Florian a refusé. Nous allons à la plage qu'il semble préférer mais ce samedi il y a beaucoup de monde. Je propose d'aller sur une dune. Jerry donne une main à Margot, l'autre à moi. Tout d'un coup il dit qu'il veut monter sur les épaules de Florian. Celui-ci est très content, l'enfant aussi. Il est perché sur les épaules de Florian, lui entoure la tête de ses bras. Quand ils sont au sommet de la dune, Florian se tourne du côté de la mer, le soleil commence à baisser, il met Jerry debout sur ses épaules. Il est heureux, Margot les voit grandir tous les deux, s'élever comme le soleil. Margot est éblouie, elle n'aperçoit plus que le corps peut-être immense de Florian, et très haut dans le ciel une vaste mouette blanche qui porte Jerry criant de joie sur son dos. Florian, avec mon aide, descend Jerry de ses épaules. Il est fatigué. Il a l'air vieux. Jerry pleure. Un grand désespoir d'enfant. Il tape des pieds, comme s'il voulait retourner, retourner où ? C'est moi qui parviens à le consoler, peu à peu, tandis que Margot aide Florian à revenir en trébuchant jusqu'à la voiture. Florian y monte, se met dans le fond. Jerry qui a séché ses larmes grimpe sur ses genoux. Ils se blottissent l'un contre l'autre. Nous sentons qu'il faut les laisser seuls. Nous marchons un peu. Soudain Margot n'en peut plus et me demande :

"Tu as vu ?

— Quoi ?

— La grande mouette avec Jerry sur son dos.

— Tu rêves, je n'ai rien vu et je n'ai pas quitté Florian et Jerry des yeux.

— Tant mieux, j'ai dû avoir une petite hallucination, tu as raison, c'est impossible."

Je suis stupéfaite, Margot si positive… Nous revenons à la voiture. Nous ramenons Jerry chez lui, endormi.

En arrivant à l'hôtel, pendant que Margot cherche une place pour la voiture, c'est la catastrophe. Des journalistes ont appris que Florian était dans la ville et qu'il a donné des dessins aux ouvriers du port. Ils sont là, plusieurs, dans le salon en face de la réception. J'entre avec Florian sans me douter de rien. Soudain plusieurs flashes éclatent et des journalistes avec leurs micros entourent Florian et commencent à lui poser des questions. J'essaie de les arrêter : "Il ne donne pas d'interview." Lui prend peur, il recule, comme s'ils voulaient l'assaillir. Il tape sur les micros en poussant des cris d'effroi. Un journaliste crie : “Et la liberté de la presse.” Il recule encore, il arrache à l'un des journalistes un journal, allume les feuilles et les jette sur eux tandis que les flashes continuent à crépiter. Demain il y aura des journaux avec des photos, de grands titres : Florian le pyromane. Le journal est tombé par terre, la moquette est déjà toute roussie quand les gens de la réception arrivent avec un extincteur. Margot, qui a entendu du bruit, survient en courant tandis que je parviens à entraîner Florian dans l'ascenseur. J'entends des cris : “Complètement timbré cet homme. Un fou.” Un autre dit : “Il a cassé mon micro, ma veste est brûlée.” Margot intervient, elle leur demande de quel droit ils se cachaient comme ça dans le hall pour guetter sans prévenir son arrivée. “Vous serez indemnisés, vous, vos vestes, vos micros.”

Dans sa chambre Florian ne pleure pas, peut-être qu'il n'a plus de larmes, il sanglote éperdument, un sanglot sec qui tord le corps. Il dit : “Je veux partir. Téléphone à Hellé.” Elle est au téléphone. Florian lui dit : “Il y a eu des journalistes, des flashes. Tu comprends ?”

Elle comprend. Il me passe l'appareil, j'explique l'affaire. Hellé dit : “S'il veut revenir, qu'il revienne, mais il vaudrait mieux pour lui qu'il reste. Surtout maintenant que tout est arrangé pour l'atelier. Essayez de le garder près de vous. Laissez dire les médias, c'est vrai qu'il a un passé très lourd.”

Margot arrive, elle a payé l'hôtel et les dégâts. Nous partons pour le nouvel appartement.

Je mets un matelas devant la porte de la chambre de Florian. “Tu vas dormir là, comme les chevaliers d'autrefois, dit Margot, devant la porte de leur seigneur.” C'est bien ce que je pense. J'entends

Florian s'agiter une partie de la nuit. En me disant bonsoir, il m'a confié sans un mot son briquet.

Pendant deux jours il veut absolument retourner à Paris. Albert et Simon viennent lui dire au revoir.

Des photos de Florian et de la grande scène dans le hall de l'hôtel avec le journal en flammes lancé à la tête des journalistes ont paru dans la presse. Simon dit : “Ce n'est pas un fou, c'est un enfant par moments. Il a eu peur, quoi !”

Nous conduisons Florian au train, nous avons beaucoup de peine à imaginer qu'il va sortir de notre vie. Il nous embrasse. Je l'accompagne seule dans le wagon. Je l'installe, il a l'air un peu égaré, quoique très calme et, au moment où je m'en vais, il me dit comme une formule de politesse qui lui échappe : “J'ai été très heureux de vous connaître.” Je suis blessée : “Vous ne me tutoyez plus, vous croyez me connaître. Mais vous ne me connaissez pas.” Je suis un peu honteuse de ce que je viens de dire, car, connaître, cela veut dire beaucoup de choses. Est-ce qu'il comprend cela ? Il comprend sans doute car il se lève et dit : “Je ne peux pas partir sans vous, Florence.”

Il descend sa valise, ses cartons, nous repartons. Les amies sont très heureuses, lui aussi a l'air heureux. Nous rions beaucoup en nous retrouvant tous les quatre dans l'appartement.

Le lendemain, nous installons l'atelier. C'est une construction en triangle, des murs des deux côtés, de l'autre des vitrages au nord. Il a besoin d'être repeint et aménagé à l'extérieur. Florian est ravi par ses proportions, sa lumière. Deux hommes viennent avec des toiles de différentes grandeurs, il les fait fixer au mur et les achète toutes les deux. Il les regarde longtemps. Il prend parfois ma main, il veut que je sois seule avec lui. Il s'assied en face des toiles, il me demande la permission de mettre sa main sur mon bras. Je sens que c'est avec sa main qu'il pense, très confusément, à un tableau. J'ai le sentiment d'y penser avec lui. La maladie m'a fait basculer dans des états incertains, terrifiés. Ces états passent de ma main au bras de Florian, de mon corps dans le sien. Lui est tout entier dans l'acte d'inspirer et d'expirer sans effort et m'envoie ainsi du bleu, du rouge, des noirs très limpides, des couleurs de fleurs, de poissons, de lions. Oui, même d'un grand lion se noyant dans la mer, qui submerge irrésistiblement tout. Les autres sont partis, il se penche un instant vers moi, effleure mon bras de ses mains et dit :

"On est bien tous les deux. Toi… tu comprends… la peinture."

Pourtant il n'y a rien eu. Rien que les murs blancs, les toiles blanches et nous deux sur des chaises qui regardons cela en nous tenant par le bras. La peinture est là en lui. Entre nous. En nous.

Avant cela elle n'y était pas. Avant il y avait l'admiration, peut-être passionnée, que j'avais pour elle. Il n'y avait pas la peinture. La peinture que je sens circuler entre nous, de son bras à mon bras, de sa main à la mienne et de nos quatre poumons qui, pour la première fois, respirent ensemble. Pour la première fois aussi je n'ai plus envie de penser la peinture, ni de la comprendre, ni de la regarder. La chose, à mon grand étonnement, m'échappe et je dis :

"J'aimerais tellement peindre."

Au moment même où je dis cela, je l'entends non pas comme une phrase dite à Florian, mais dite à moi-même.

Il ne répond pas, mais je sens bien que son bras, lié au mien, me dit : "Vas-y !"

Il se lève, choisit une toile pas très grande, prépare des couleurs, me donne un pinceau et tient toujours de son bras droit mon bras gauche. Il y a une incitation qui est presque un ordre et ne l'est pas. Je peux, cela fera plaisir à Florian si je peux. Et naturellement je peux. Des couleurs viennent se poser sur la toile, se succèdent, s'essaient, voient si elles se conviennent. Il n'y a plus de dessins seulement des couleurs assemblées. Rien de plus, ce sont des gammes, me dis-je. Pourquoi pas ? Je suis très contente, je m'absorbe dans ce travail. Peu à peu le bras de Florian pèse moins sur le mien, qui se dégage. Seule sa main, très légère, reste près de mon bras. De temps en temps, je me tourne vers lui, je vois sa figure très attentive qui regarde ce que je fais. La toile est presque couverte, il a retiré sa main, le courant ne passe plus. Je suis en colère, il me donne un pinceau plus gros avec du noir, un noir brillant et je marque ma haine sur la toile. Je prends moi-même un autre pinceau avec du blanc et je fais un grand signe blanc entre les signes noirs.

Je pense : Z, comme zèbre, la dernière lettre de l'alphabet. Je me mets à pleurer, je ne sais si c'est de désespoir ou de joie. Pendant ce temps, sans bruit, il a fait du café. Il me fait asseoir sur une chaise et nous le buvons avec plaisir. En regardant la toile que j'ai souillée, que j'ai barbouillée mais dont je sens, lorsque la main de Florian vient se poser à nouveau sur mon bras, qu'elle lui plaît. Elle lui fait dire, après un long silence : “Tu vois, tu peux… tu peux… il faut du temps, beaucoup… beaucoup.” Je pense : Alors c'est fichu, avec ma maladie. Il se tourne vers moi : “Tu as du temps, tu auras du temps.” Je me dis que je vais peut-être guérir. Et comme Florian est entré dans la petite cuisine sommaire qui est dans la cour, je vais le rejoindre pour l'aider à préparer le déjeuner.

Quelques jours se passent ainsi : le matin il va au port, il finit toujours par aboutir là où Albert officie, aidé par Simon, au milieu des grues des camions, des chalands dans le tumulte des moteurs. Il écoute les cris perçants des oiseaux qui plongent vers les déchets ou les emportent et il reste parfois longtemps sans rien faire. Alors moi, assise en haut de l'escalier, pour tenter d'échapper au bruit et aux odeurs, je descends lui apporter du café. Nous le prenons souvent à quatre, avec Albert et Simon et Florian a l'air heureux à ce moment-là comme s'il se sentait protégé par leurs larges carrures et leur esprit pratique. Il me montre rarement ses dessins mais à eux il ne les cache pas, ce qui m'étonne. Ils leur semblent moins étranges et apocalyptiques qu'à moi. Dans ses dessins ramifiés et fantastiques ils discernent souvent le rapport qu'il y a entre eux et l'organisation du travail, et surtout les mécaniques dont ils se servent. Comme Florian est déjà en train de remonter l'escalier, j'entends Simon dire : "On dit qu'il est dingue, mais il l'est bien moins que beaucoup d'ingénieurs ou de patrons. C'est un vrai mécanicien." Tout un cercle amical s'est créé autour des deux bassins entre Florian, les ouvriers et les camionneurs. Un cercle d'amitié où je suis admise mais sans toujours bien comprendre car il y a en général peu de mots et le reste est dans des jurons, des gestes, des regards, des rires. Je me dis : Florian est un homme comme eux, quelqu'un qui vient de là, comme moi. Moi j'ai été coupée d'eux par les mots, les livres, les concours et lui il aurait pu être coupé par l'art, qui est devenu de l'argent mais il ne l'est pas, il parle encore leur langue. Moi je pourrai peut-être la réapprendre. Avec la peinture.

L'après-midi, après la sieste de Florian, nous nous retrouvons dans l'atelier. Nous nous asseyons et Florian regarde en silence les grandes toiles blanches de dimensions différentes qui sont accrochées au mur. Il n'a pas encore choisi celle qu'il va peindre. Il reste là un très long moment à regarder, à regarder ce rien, à être heureux d'une certaine façon, car nous sommes heureux, tous les deux, sa main posée sur mon bras. Est-ce que c'est ça qu'il appelle me connaître ? Est-ce que c'est cela que je lui ai demandé lorsque je lui ai dit : "Vous ne me connaissez pas."

Ensuite il y a le moment où il m'amène devant une toile blanche. J'ai l'impression qu'il me traîne là, il me donne des pinceaux, des couleurs et je peins. Il reste près de moi, tenant mon bras gauche dans sa main. Après un certain temps je sens que ce bras qui m'assure, qui me rassure, qui m'apporte je ne sais quelle force, est celui d'un homme épuisé, heureux, parfois merveilleusement heureux et désespéré toujours. Alors comme lui, contre lui, je pose des couleurs dérisoires et puissantes sur une immensité qu'il s'agit de perforer et qui doit être la mort. Quand Florian s'éloigne, que son bras n'est plus sur le mien, la colère me saisit et je l'achève par un acte de violence. Il m'arrive parfois de penser que comme lui j'aimerais brûler ma toile, mais ce serait son geste à lui, pas le mien. Je ne vais pas l'imiter, je ne suis pas son élève, sa disciple, il détesterait ça. Il m'aime beaucoup. C'est la seule chose dont je sois sûre dans cette aventure. Qui sera brève comme tout le reste, qui finira sur un lit d'hôpital. Je sais, je sais comment. Je connais bien les hôpitaux. Lui aussi, mais pas les mêmes.

Un jour, il ne m'amène pas devant une toile blanche. Il prend un papier puissant et se met en face de moi. Chacun sur sa chaise, c'est presque comique. Il veut faire mon portrait, sans doute. Je ne l'ai jamais vu faire de portraits sauf celui de Jerry. Cela dure plusieurs jours, il me laisse regarder de temps en temps. Il fait d'abord une statue égyptienne ou quelque chose qui ressemble à ça. Puis un violon avec toute une mécanique d'admirables couleurs dans son corps. Cela me plaît d'être un instrument de musique mais quelle pauvre musique j'ai faite jusqu'ici. Il y a plusieurs états successifs du même thème. Il ne va plus voir que Jerry, il ne va plus au port, il ne mange guère, il dort très peu, nous sommes épuisés tous les deux. Heureusement qu'il y a Margot, Antoinette et aussi Albert qui viennent nous apporter à manger et arrêtent un peu Florian. Dans un dessin nouveau je sens que je deviens un oiseau. Il boit pas mal ce jour-là. Il ne mange plus du tout. Je suis à bout de forces et si Simon, sans doute envoyé par Margot, n'était pas venu m'assister de sa présence je me coucherais sur le sol. Finalement il y a sur le papier un grand oiseau, qui est moi, qui n'est pas moi, qui est tout en flammes et ne brûle pas. Un oiseau qui vole et qui est toujours là.

Quand c'est presque fini, lui, qui depuis trois jours n'a plus parlé, dit : “Ce sont… tes couleurs.” Il boit un grand verre de vin.

Florian se lève, c'est terminé. Je me traîne près de lui, il me laisse regarder. Il me prend la main comme un enfant et nous sommes vraiment deux enfants, un instant, une heure, je ne sais plus, à regarder ce qui, j'en suis sûre, est un des plus beaux dessins du monde. Nous sommes contents, Simon aussi. Margot arrive avec des provisions, nous allons manger mais tout à coup Florian s'écroule au pied de la grande toile blanche. Je voudrais aller à son secours, je ne peux pas, je n'ai plus aucune force. Je suis obligée de m'asseoir par terre malgré mon inquiétude. Simon revient et dit : "Il est ivre et complètement claqué, il dort."

Margot et Antoinette viennent s'asseoir à côté de moi. Je me sens protégée, elles me font m'étendre sur des coussins. Margot dit : "Si ça continue, il va te faire crever. Tu as une tête !

— Je suis affreuse ?

— Tu n'as jamais été si belle, mais tu as l'air malade."

Je soupire : "Tant pis ! Un peu plus vite, un peu plus tard..."

Je vois Simon à ce moment qui me regarde avec des yeux étranges. Je n'en peux plus. Je m'endors. Quand je me réveille, Florian est toujours sur un coussin, couché sur le flanc droit, le visage contre le coin de la toile. Il m'appelle. Les deux filles sont en train de préparer un repas à la cuisine. Simon m'aide à me lever. Quand je suis près de Florian, il me dit : "Je ne dois pas bouger, regarde, mon corps trace sur cette toile la forme dont j'ai besoin. Prends un pinceau et du noir et suis mon corps."

Je vais chercher un pinceau assez large, et, en partant des pieds, je cherche à suivre la courbe de son corps sur la toile. Ma main tremble, j'ai peur de le salir : "Je ne peux pas."

Florian se fâche : "Salis-moi, quelle importance !"

Je ne peux pas, je tremble de plus en plus. Alors il tourne péniblement sa tête vers Simon : "Toi, fais-le. Je fermerai les yeux. Les vêtements, les cheveux, on s'en fout !" Simon prend le pinceau et d'une main très sûre il trace les contours du corps et de la tête de Florian sur la toile.

Pour la première fois depuis qu'il a commencé mon portrait – si c'est mon portrait – Florian manifeste un peu d'appétit. Nous mangeons tous les cinq.

Pendant le repas je vois que Simon et les deux filles qui sont en face de l'oiseau en feu, plus vrai que je ne suis sans doute en réalité, ne peuvent en détacher leurs regards. Je ne peux pas le supporter. Est-ce que Florian s'en rend compte ? Il se lève, prend avec peine le carton et le retourne contre le mur.

Antoinette se met à pleurer, le visage de Simon est très sombre. Il se fait du souci pour le tableau. Il pense que Florian va peut-être le brûler, il ne s'en consolerait pas. Antoinette non plus. Je suis sûre que Florian ne le fera pas, il veut faire quelque chose de ce dessin, j'en suis certaine. Je souris à Simon dont le visage s'éclaire. Un vrai gitan, voilà ce qu'il est. Les toiles où Florian m'a représentée en statue égyptienne et en instrument de musique sont toujours sur le sol où il les a jetées pour commencer l'autre. Florian demande à Simon de les rouler. Il le fait avec cette rapidité et cette assurance qui caractérisent tous ses gestes.

Quand Simon a fini Florian lui demande : “Si je parviens à commencer ma grande toile, est-ce que tu pourrais m'aider ? J'aurai besoin de quelqu'un.

— Avant la prison j'ai fait l'académie mais jamais de vrais tableaux. Depuis je fais de la mécanique, je fais ça très bien, ce n'est pas la même chose.

— Tu apprendras.”

Il me montre : “Elle aussi… elle apprend. Vite… C'est qu'elle a toujours su.”

Des jours passent. La bande des trois s'est resserrée autour de Florian. Margot et Antoinette travaillent, mais, chaque fois qu'elles le peuvent, elles accourent à l'heure du déjeuner et souvent leurs soirées sont requises par Florian. Margot me dit : "Tu ne fais plus que t'occuper de lui, nous aussi." En effet je ne fais plus rien que peindre et m'occuper de Florian, mais s'occuper de lui qu'est-ce que ça veut dire ? Dans la vie matérielle, il est beaucoup plus habile que moi, surtout pour la cuisine où il excelle quand il veut.

Tout se détend. Je recommence à l'accompagner au port, je m'assieds à une table où je lis quand il est au bistrot. Pourquoi ? C'est comme si une menace pesait sur lui. Quelle menace ? Albert me l'a fait comprendre en disant : "Avec lui on sent que quelqu'un est cinglé. Lui ou les autres. Les autres n'aiment pas ça, ils préfèrent que ce soit lui. Ils voudraient l'enfermer, ils l'ont enfermé souvent. Sans toi, sans nous ils l'auraient enfermé avec l'affaire des journalistes.

— Pourquoi, il n'a rien fait de mal.

— Il ne fait rien de mal, mais il fait mal, il fait mal aux gens. Ils voient qu'ils sont cons.

— Et toi, il t'a fait mal aussi ?

— Oui, le jour où j'ai crié sur lui. Après ça, j'ai compris.

— Qu'est-ce que tu as compris ?

— Je suis un peu comme lui, comme Simon, j'ai fait un temps de prison. Ça compte. Je ne suis plus dans leur système."

Parfois, après avoir dessiné, Florian se saoule dans un café du port, très vite, avalant verre sur verre, sans dire un mot et dans la voiture, quand je le ramène avec l'aide de Simon ou d'Albert, il délire magnifiquement avec l'air, avec les couleurs et parfois avec une étrange histoire qui n'est pas celle des manuels de sciences politiques ni des archives. Une histoire où se mêlent des noms célèbres, des inconnus, des animaux et des hommes, des océans, des bateaux, des oiseaux. Tous luttent contre un ennemi ineffaçable, ineffable peut-être, qu'il faut anéantir ou blesser, au moins blesser par le feu.

A l'appartement, il s'endort et j'ai le cœur transpercé par ce que je viens d'entendre. Je me demande si Albert ou Simon, celui qui était là, a entendu les mêmes choses, a plongé dans les mêmes abîmes d'obscurité ou d'allégresse. Ils ne disent rien, je n'ose pas les interroger. Quand je n'en peux plus, je téléphone à Hellé, qui n'est pas toujours là. Alors je laisse un message sur le répondeur et le matin, quand Florian dort, je reçois un appel qui me rassure, qui me montre que je fais ce qu'il faut faire et même remarquablement bien. Un jour Hellé dit : "Ma fille." Comme cela me touche d'être appelée ainsi, moi qui me sens chaque jour plus démunie et sans mère. Elle me dit : "Ma fille, Florian c'est un arbre foudroyé, un grand arbre, tout noirci par le feu. Mais la beauté de notre temps est une beauté foudroyée qu'on ne peut atteindre qu'à travers le noir, toujours plus noir. Tu dois comprendre cela, si tu veux servir Florian comme il en a besoin."

Ses paroles me cabrent : "Je ne veux pas le servir. Quelle idée ! Aucun homme ne mérite d'être servi !"

Douce, impassible, de l'autre côté du fil, la voix a répondu : "Tu le sers et tu aimes ça, lui aussi. C'est ainsi."

Je proteste encore : "Est-ce que ma maladie ne me suffit pas pour crever ?

— C'est ton affaire. Je t'aime beaucoup Florence. Mais ce qui existe entre Florian et toi c'est ton affaire et la sienne."

Puis elle a raccroché. Elle peut raccrocher Hellé. Voilà des années qu'elle le porte, qu'elle le supporte, maintenant c'est mon tour. Je suis celle qui ne peux plus raccrocher… celle qui doit le servir… Et puis merde !

Est-ce que Florian reprend des forces ? Chaque fois qu'il commence un dessin, il me touche le bras comme s'il avait besoin de ma jeunesse, peut-être de ma féminité pour débuter. Je ne peux me le cacher, je suis heureuse pendant ces moments-là et en même temps j'ai peur. Les dessins s'accumulent, certains en noir et blanc, d'autres qu'à la fin il souligne de quelques couleurs qu'il étend très vite. Ce sont ceux-là de préférence qu'il fait brûler dans le grand foyer de l'atelier. Il s'assied avec moi quand il y a mis le feu et il regarde les couleurs s'exalter puis disparaître. Il y a alors dans les yeux de Florian une sorte d'ivresse. Une allégresse, je suis bien obligée de le reconnaître quoique je souffre de cette destruction abominable. Oui, une allégresse qui pénètre aussi en moi, qui m'illumine un instant et retombe en cendres ou en larmes. Pourtant il brûle moins.

Il dessine beaucoup au port, au bord de la mer ou dans les soirées où Margot nous emmène. Nous y retrouvons souvent Inès et son mari. Il ne leur parle que pour demander des nouvelles de Jerry, Jerry dans l'île. Dans ces soirées, il ne dessine que des abominations, des déchirements, des éruptions, des accouplements affreux. Je souffre alors car il me force à les regarder. Un jour, je ne peux plus le supporter, je m'enfuis en courant. Il me suit en bousculant les gens, en renversant des sièges sur son passage et, peut-être, en hurlant. Pourtant quand il arrive à la voiture il est très doux, il prend ma main que je cherche à lui dérober. Il dit : "Pardon. Je dois te dire pardon", mais je ne veux pas entendre cela, je réponds : "Vous êtes comme vous êtes, c'est ce que Hellé pense, moi aussi." Margot arrive avec Antoinette et elles ont repris heureusement le carton à dessin. Déjà des gens s'étaient emparés de deux dessins. Margot rit : "Voilà une maison où nous ne retournerons peut-être plus. Vous les avez terrorisés."

Cette fois je suis fâchée et dis : "Je n'irai plus. Si tu veux l'emmener encore, Margot, tu iras sans moi.

— Mais ça l'amuse, répond Margot, n'est-ce pas que cela vous amuse Florian ?"

Il ne répond pas.

V

LE TUNNEL

Peut-être n'a-t-il pas dormi cette nuit-là. Le lendemain matin, quand je veux lui faire son petit-déjeuner, il est déjà parti. Je lui apporte du café à l'atelier. Il est dans un état de grande agitation. En le buvant il renverse une partie du café sur lui. Il prépare des feuilles de dimensions différentes. Il me dit : "Mets-toi en face de moi, là contre le mur. Si tu es fatiguée, assieds-toi."

Il travaille avec l'encre de Chine. Il me regarde intensément, levant les yeux de la grande table sur laquelle il travaille. Ce que je vois naître, à l'envers, sur l'immense feuille faite de quatre autres qu'il a collées, ce n'est pas moi, c'est le port et ce qu'Albert appelle le bassin-poubelle. L'énorme tas de détritus, beaucoup plus grand, beaucoup plus vaste que dans la réalité, avec des armées d'oiseaux.

Sur la première feuille, il en colle soigneusement une autre plus petite, et là apparaissent les camions d'Albert, les grues, les chalands. Je le regarde faire, fascinée par sa rapidité, son soin, sa lenteur. Il colle successivement plusieurs autres feuilles, chaque fois plus petites, où il y a toutes sortes de choses terribles : des explosions, des batailles, des fusées, d'énormes monstres disloqués. Je n'en peux plus, je m'assieds, je ne comprends pas pourquoi il me regarde pour faire tout cela. Non plus de l'air souvent égaré qui lui est habituel, mais avec une fixité incroyable comme s'il me voyait de très haut, avec ses yeux d'oiseau, moi la ville épouvantable, la maladie proliférante.

Vers une heure, alors que je n'en peux plus, Margot vient nous apporter à manger. Je n'ai que le temps de prendre sur le plateau une tartine et une grappe de raisin. Florian refuse tout, il se fâche, il crie : "Dehors, dehors !"

Margot est furieuse. Je sens que si je n'interviens pas quelque chose va se briser. Je joins les mains, j'incline la tête et dis à Margot, très bas : "Je t'en prie, je t'en prie."

Elle fait un grand effort, réfrène sa colère, dépose le plateau sur le sol et s'en va. Florian la suit jusqu'à la porte et la ferme à clé. J'ai peur, je sens que j'ai peur. J'ai peur de lui, peur de la situation. Pourquoi est-ce qu'il me regarde comme ça ? Pourquoi est-ce qu'il n'est pas reparti à Paris comme il a été sur le point de le faire. C'est moi qui lui ai dit : "Vous ne me connaissez pas." Et lui est descendu du wagon avec ses valises. Le reste a suivi et maintenant il veut me connaître. C'est ce qu'il est en train de faire. Je ne comprends pas comment. Je ne peux plus l'arrêter, je ne peux plus m'arrêter non plus. Je suis celle qui ne peut plus raccrocher.

Il continue d'accumuler, les uns au-dessus des autres, les cartons qu'il dessine. Cela fait une sorte de muraille. Sur le dernier il y a le mur du bassin, celui qui est du côté de la mer. Il semble indestructible. La vie est trop courte, avec la maladie qui va me ronger bientôt, on n'arrivera jamais à percer ce mur. Jamais à revoir la pleine mer, du lieu d'immondices où on est. Le lieu qu'on ne doit pas quitter, qu'on ne veut pas quitter.

Je vois soudain que Florian n'est pas comme moi, avec ses yeux de mouette, de grand oiseau marin, ses yeux d'aigle, il va percer tout ça ou au moins il va essayer. Il essaie. Avec un couteau qui se brise, il tente d'entamer le mur, avec un marteau-piqueur, avec une énorme machine, il cherche à entamer le mur et celui-ci résiste, il n'y parviendra jamais. Il se tourne vers moi, il me regarde longtemps, beaucoup plus longtemps et plus doucement qu'il ne l'a jamais fait. Je pense à Hellé, à sa voix. Est-ce que je commence à comprendre ? J'enlève mes vêtements, je suis nue devant lui, j'ai l'impression qu'il voit ma maladie, ses proliférations prochaines, son odeur, la fin. Je souffre, je souffre beaucoup, je vois qu'il souffre aussi, qu'il a beaucoup plus mal que moi, que son impuissance à percer le mur risque de le précipiter dans la fureur que je vois naître dans ses terribles yeux de rapace et le bruit terrifiant de ses ailes. J'entends venu du plus profond de moi-même quelque chose qui souffle à Florian : "Ton pinceau suffit." Il entend ma voix, il prend son pinceau, il creuse dans le mur. Je souffre, nous souffrons ensemble. Il creuse le tunnel dans le centre même de ma maladie. Il l'enfonce avec ses pinceaux, je crie, il crie de fureur aussi. Je pense : Il me connaît, il me connaît très bien maintenant, c'est ce qu'il voulait. J'ai l'impression qu'un énorme clou, celui qui avait fixé la mouette qui me ressemblait, me fixe maintenant au mur. J'entends vaguement que nous crions encore tous les deux. Je perds conscience avec le sentiment que je nage, nue, dans une mer très calme, un peu grise, un peu bleue avec le soleil levant des yeux de Florian dans les miens. Je reviens à moi. Il essaie maladroitement de me remettre mes vêtements. Je le laisse faire, je ne me sens plus aucune force. Lui me regarde d'un air heureux et, quand je suis parvenue à me rhabiller, il m'amène devant le tas de dessins amoncelés. Sur le dernier dessin un profond tunnel franchit les débris, les pourritures, perce le mur, s'enfonce dans toutes les failles qu'il a forées successivement. Un grand tunnel noir dans lequel volent deux mouettes dans la direction de la mer qu'on voit ou qu'on devine tout au fond. Une mer un peu bleue au soleil levant. Ce n'est pas seulement du bonheur c'est une fulgurante allégresse qui monte en moi. Je ne pense plus à la beauté de l'œuvre mais seulement aux deux mouettes qui portent toute la liberté, la dure et sauvage liberté du monde. Florian dit : "Celle-là, c'est Hellé, l'autre c'est toi. Un jour vous serez libres. Libres de Florian et Florian, un jour, sera libre aussi… libre de la vie."

Il prend les tableaux et me fait signe de les porter avec lui jusqu'au mur qui nous fait face. Il me prend la main, après avoir demandé : "Je peux ?", comme il fait parfois. Nous regardons ce que je ne sais comment appeler car ce n'est pas un dessin, ni un tableau, ni une sculpture, qui s'avance vers nous avec les formes fantastiques et déchirées qu'il a tracées sur elle et les couleurs qu'il a projetées. Le rouge, le gris, le blanc, mais c'est le noir qui domine et qui nous fait face, comme la bouche d'un canon. C'est ce tunnel, ce passage qu'il a creusé à travers la pierre, à travers moi, à travers lui jusqu'à la mer qu'on devine, immense de l'autre côté. Ce trou qu'il a creusé violemment rien qu'avec ses pinceaux. Il se tait, on dirait que ce qu'il a peint lui fait peur. Il se cramponne à ma main comme un petit enfant. Je n'ai pas peur, je n'ai plus peur. La voie est libre pour moi, pour Hellé, pas encore pour lui. C'est donc à moi de le soutenir dans le parcours qu'il doit encore accomplir et que j'ignore. Je comprends tout d'un coup ce qu'il lui reste à faire. Je tiens sa main, je la réchauffe contre moi, il a toujours peur mais moins, beaucoup moins. Il met sa tête sur mon épaule, je sens qu'il s'endort avec confiance.

L'obscurité est tombée, je vois encore confusément l'œuvre, avec sa bouche, sa maladie béante dardée vers moi. Je pense qu'il y a dans ces dessins toute une vie que je ne connais pas. La vie passionnée, inflammable et brûlée de Florian. Lui dort paisiblement, le poids de sa tête sur mon épaule est lourd, je me dégage très lentement et l'étends à côté de moi sur le sol. Parfois des mots sortent de sa bouche, des noms et parmi eux je reconnais celui de Noé. J'entends Margot avec Antoinette qui essaient d'ouvrir la porte. Elles sont inquiètes, elles frappent à la porte, elles sonnent, je ne bouge pas. Florian dort toujours. J'entends Margot : "Il y a eu un accident. Ce silence ! Appelle Simon !" J'imagine avec plaisir Simon qui s'approche, qui regarde la serrure, qui dit : "Facile !", mais qui est très inquiet aussi. Florian s'éveille, il s'assied à nouveau près de moi. Nous regardons tous les deux dans l'obscurité l'œuvre dont nous ne voyons plus que les taches blanches.

La serrure cède et Simon s'avance le premier, très vite, de sa démarche un peu féline. Il s'arrête net en nous voyant assis l'un à côté de l'autre qui regardons les dessins. On sent qu'il a l'impression de déranger. Alors je dis : "Allume, venez voir ce que Florian a fait." Margot allume et Florian montre à Simon comment éclairer l'œuvre. Ils s'assoient près de nous, ils regardent la chose, ils sont saisis, bouleversés par elle. Simon surtout est émerveillé par tout ce qu'il reconnaît de la vie du port et pourtant c'est plus, beaucoup plus vaste que le port. Margot a pris ma main : "Tu as de la fièvre.

— Oui, je crois."

Margot est tout d'un coup indignée : "Vous savez bien qu'elle est malade, qu'il ne faut pas..."

Florian brusquement la coupe : "Parfois il faut."

Je me tourne vers Margot et lui dis très doucement : "Il a raison, parfois il faut."

Margot n'est pas convaincue. Dans un sanglot elle proteste : "Vous la menez à l'hôpital." Et Florian, avec une certitude incroyable : "Elle va guérir."

Nous retournons à l'appartement tous les cinq. Je sens que je ne suis vraiment pas bien. Je m'appuie lourdement sur Simon, je vois qu'il est inquiet, je lui dis : "A quelle vitesse tu as crocheté cette serrure !

— Oui, les serrures, ça me connaît."

Il me regarde, il ajoute : "Pas toutes."

Le lendemain je vais à l'hôpital, j'aurais dû prévenir mon médecin. C'est un des grands patrons, je pense qu'il ne me recevra pas sans rendez-vous. C'est peut-être pour cela que j'ai cédé aux instances des deux autres. Il me reçoit, il semble content de me revoir, il me fait des reproches : "Voilà trois semaines que je ne vous vois plus. Vous savez bien que vous devez venir chaque semaine et faire des tests.

— Je n'ai pas pu.

— Vous avez peur que je vous fasse commencer un vrai traitement ?

— Non, c'est à cause de la peinture."

Il est étonné mais il ne dit rien, il m'examine très attentivement, il est surpris. "Vous êtes très fatiguée, mais la douleur semble endormie."

C'est vrai que je n'ai plus mal ce matin. Il me prescrit des tests beaucoup plus complets que d'habitude. Au moment de partir il me dit : "Vous n'allez pas mal, mais vous devriez commencer un traitement, par prudence."

Quand je suis retournée quelques jours plus tard au laboratoire, on me dit que les tests sont bons. La laborantine que je connais a l'air stupéfaite : "Comme si vous n'aviez plus rien, ce qui est impossible. Le chef de service vous attend demain."

Il me reçoit, il est content et perplexe : "Vous allez mieux, c'est sûr. Peut-être qu'il y a une erreur dans les tests, nous allons tout recommencer."

Il m'examine à nouveau. Quand il a terminé : "Je ne comprends pas, c'est comme si vous étiez guérie, ce n'est sans doute qu'une rémission, mais tant mieux. Et vous, comment vous sentez-vous ?

— Il y a longtemps que je ne me suis pas sentie aussi bien."

La semaine, où je refais les examens cliniques, je dors beaucoup, je peins chaque jour et, pendant ce temps, c'est Simon qui s'occupe de Florian, car il a engagé Simon pour l'aider. Albert a fait des difficultés d'abord, puis il a accepté : "Simon ne va pourtant pas retourner à la peinture ! C'est que, un mécanicien comme lui, ça ne se retrouve pas."

Les examens sont terminés, le médecin me convoque. Il est très heureux, il me montre tous les résultats, me les commente : "Vous semblez guérie, tous les collègues sont d'accord avec moi. Nous ne comprenons pas comment." Je vois qu'il m'aime vraiment, qu'il exulte et qu'en même temps il est un peu malheureux de ne plus me voir chaque semaine. Je lui raconte ce qui s'est passé quand Florian a percé au pinceau un tunnel dans la pierre, en moi et en lui.

“C’est ce qu’on pourrait appeler un effet psychosomatique, ce qui est une façon médicale de recouvrir de mots ce qu’on ignore. Je ne comprends pas mais ne refuse pas d’entendre – sinon de croire – que votre peintre génial a provoqué un mieux en vous. Nous verrons s’il perdure. Revenez me voir dans un mois, nous vérifierons.”

Je l’embrasse prestement et je m’enfuis.

VI

LE CHAOS

Florian a commencé son tableau, celui que nous attendions tous confusément. Quand je l'annonce à Hellé, elle me demande : "Quelle toile a-t-il choisie ?

— La plus grande.

— C'est bien.

— C'est qu'elle est immense.

— C'est ce qu'il lui faut, un travail, un bonheur et un doute immenses."

Je suis inquiète, je lui demande de venir. Hellé refuse, si Florian a besoin d'elle, il l'appellera.

Avec Simon, Florian commence à préparer la toile. Il fait des fonds de couleurs diverses, il laisse travailler Simon sur le grand échafaudage roulant qui est maintenant devant la toile. La plate-forme peut monter ou descendre à volonté. Quand il est fatigué, Simon se retourne et regarde l'atelier. J'aime bien le voir ainsi, j'ai l'impression qu'il est sur la proue d'un navire et que ce navire est Florian. Je le lui dis et il me répond : "Le travail est facile et très bien payé. Florian me montre tout ce que je dois faire, mais je ne comprends pas ce que je fais, ça me fatigue." Florian s'est rapproché : "Tu crois que je comprends ?... Tout arrive... ou pas.

— Arrive à quoi ?" demande Simon.

Florian soudain s'agite, il secoue la tête sans arrêt. Je ne l'ai jamais vu faire ça. Cela me perce le cœur. Je m'avance, je veux lui prendre le bras, c'est ça qui va l'apaiser. Mais j'ai un moment d'hésitation, il est trop tard. Il court vers la porte, il se précipite dehors, il court sous la pluie avec son vieux pantalon et sa blouse blanche couverte de peinture et encore son pinceau à la main. Nous sommes sidérés, nous courons jusqu'à la porte, je me demande comment avec ce corps fatigué et branlant il peut courir ainsi. Sans m'en rendre compte, j'ai saisi le bras de Simon qui dit : "Laisse-moi, je vais le rattraper." Il va s'élancer et le rattraper, c'est sûr, jeune et fort comme il est. Je m'agrippe à lui : "Non, laisse-le !" Simon cherche à se dégager, c'est une sorte de bataille entre nous. Une phrase de Hellé me revient : "Il a le droit."

Simon s'arrête, il est en colère : "Le droit de se faire écraser !

— Celui-là aussi, celui-là et tous les autres."

Nous ne l'avons pas fait rechercher, je n'ai pas voulu et Hellé, à qui nous avons téléphoné, m'a approuvée. Simon est en colère, il s'en veut de m'avoir cédé. Il ne me parle plus. L'attente est longue, insupportable, pendant trois jours. Florian est sans papiers, sans argent, peut-être. Qu'est-ce qu'il est devenu ? Margot se met en relation avec le commissariat et les hôpitaux, Albert avec les cafés et les camionneurs. Avec la voiture nous le cherchons partout sans le trouver. C'est un des camionneurs d'Albert qui le ramène, il l'a trouvé sur la route. Il a eu du mérite car Florian n'a plus la veste blanche qu'Albert avait signalée partout, mais une vieille veste en velours. C'est une femme qui l'a recueilli qui la lui a donnée. Le troisième jour elle lui a dit de partir parce que son compagnon, qui travaille sur un chantier, allait revenir. "Une femme très bonne", dit Florian et son visage s'éclaire. Il est revenu en piteux état, malade, apeuré et va se cacher dans un coin de l'atelier en mettant les bras devant son visage, comme pour se protéger de la lumière ou des coups. Ensuite il retourne à l'appartement et reste couché tout un jour, les yeux ouverts.

Simon en a marre. Il a terminé ce que Florian lui avait demandé, il ne sait plus ce qu'il doit faire. Il dit qu'il va s'en aller et ne veut pas être payé pour ne rien faire. Je pense : Que de vagues fait ce Florian qui ne dit rien, qui s'enfuit, qui dort et qui pèse tellement sur nos vies. Il me vient une idée et je dis à Simon : "C'est ta question qui lui a fait peur, c'est ce que pense Hellé. Il faut que nous le ramenions devant la toile, toi et moi, qu'il y ait un échange de forces entre nous." Simon est très sombre, il est toujours en colère contre moi, mais il ne refuse pas. Je parviens à faire sortir Florian de son lit. Simon l'aide à prendre sa douche et à s'habiller. Nous l'amenons, un peu de gré, un peu de force, jusqu'au plateau de l'échafaudage. Un mécanisme que Margot a fait installer permet de le faire monter comme dans un ascenseur, ça l'amuse. Quand nous sommes en haut, il regarde la toile comme s'il ne savait pas pourquoi il est là. Je lui donne un pinceau, il le laisse tomber. Sur cette plate-forme, juste sous le toit de l'atelier, un grand toit en verre, il a peut-être le vertige. Je ne pense à rien, j'aimerais bien être en bas en train de peindre tandis que Florian me tiendrait le bras. Simon est beaucoup plus calme que moi. Il regarde avec beaucoup d'attention les couleurs que, sur instruction de Florian, il a étendues, il y a quelques jours : "C'est trop foncé, n'est-ce pas ?"

Florian approuve : “Oui… plus de transparence.

— Comment ?” demande Simon.

A notre surprise nous le voyons tirer des poches de la vieille veste de velours qu’il semble affectionner un pinceau, de l’huile, diverses fioles et il commence à travailler un petit morceau de la toile que Simon avait recouvert d’un fond sombre. La surface opaque s’anime, s’éclaire, le fond vert foncé ne disparaît pas, mais il n’est plus qu’un reflet, un fond lointain et au-dessus il y a une étendue ou une profondeur d’eau. Ce n’est qu’un petit carré dans la vaste surface recouverte par Simon. Celui-ci est impressionné par ce qu’il voit, intéressé aussi, mais il doute d’y parvenir : “C’est très délicat, dit-il, très minutieux et je n’y connais rien.” Florian ne répond pas, il secoue seulement la tête, l’air de dire : “Tu trouveras.” J’ai l’impression qu’il invite aussi Simon à inventer, à découvrir avec lui et j’ai peur pour Simon.

Florian semble avoir retrouvé des forces. Il laisse Simon en haut et redescend travailler à des essais de couleurs sur de petites toiles. Je lui demande : “Et moi ?” Il me montre du doigt la toile que j’avais commencée avant sa fuite et me dit : “Continue… vers les couleurs.”

Nous travaillons tous les trois, chacun de notre côté. Là-haut sous les vitres, Simon se démène. De temps en temps il se penche, il appelle Florian, il dit : “Ça ne va pas, venez voir.” Mais Florian ne bouge pas, il est occupé à peindre une étrange construction en bois qui est peut-être une arche. Parfois il s’approche de moi, il regarde ce que j’ai fait et demande : “Je peux ?” Et quand j’ai répondu oui, il me prend le pinceau et pose une minuscule touche de couleur qui éclaire toute cette partie du tableau et m’indique dans quel sens il faut continuer. Je voudrais qu’il vienne souvent, mais il ne vient que trois fois et il n'explique rien, comme toujours. J'aurais pourtant besoin qu'on m'explique, mon esprit, depuis que j'ai commencé à être une bête à concours, a toujours fonctionné avec des explications. Et maintenant, il faut faire d'abord et comprendre ensuite. Ce n'est pas plus facile pour Simon. Je sens qu'il souffre. Pourquoi est-ce que Florian ne lui montre pas comment il devrait faire ? Mais Florian, s'il pense, ce qui n'est pas certain, ne pense pas comme nous.

Albert arrive avec Margot. Florian ne lève pas la tête. Ils glissent un regard en coin vers ce qu'il fait. Ils montent près de Simon. Je reste en bas, j'ai peur de ce qu'ils vont voir car je sens le désarroi de Simon. J'entends Albert qui siffle d'étonnement : "Tu travailles pour le père Cousteau ? C'est pour envoyer des scaphandres toute cette eau ?" Simon rigole, il est content : "Tu reconnais, je n'aurais pas cru." Je les rejoins. C'est vrai que du travail encore assez informe de Simon émerge une impression de liquidité, de plongée sous-marine.

Finalement Florian vient nous rejoindre. Il regarde très attentivement et dit : "Continue, dans deux ou trois jours, on verra."

Le lendemain il m'installe avec Simon à sa grande table. Il dit : "Dessinez, dessinez beaucoup. Simon a trop appris et toi pas assez." Je demande : "Dessiner quoi ?" Il ne répond pas, c'est comme si ma question lui paraissait idiote.

"Allez aussi dessiner dehors. Des arbres, beaucoup d'arbres. Les arbres sont comme nous."

Nous dessinons toute la matinée. Simon voit que j'ai beaucoup de peine. Il dit : "Tu n'es pas douée et pourtant dans tes tableaux…” Florian sort de son silence et dit : “Ça ne sert à rien d'être doué… c'est ça qu'il faut perdre.”

Les jours passent, nous dessinons le matin à l'atelier ou dehors. L'après-midi, nous peignons. C'est une sorte de monastère, une vie monotone dans laquelle il n'y aurait que le travail, les repas, les histoires, si Margot et Antoinette ne nous recommandaient pas de sortir le soir, de nous distraire. Florian ne le veut plus que rarement. Alors nous restons auprès de lui, à tour de rôle. Mais c'est moi qu'il préfère sentir près de lui et finalement je sors peu, ce qui fâche d'abord Simon, qui reste souvent avec moi : “Il ne se rend pas compte, mais nous sommes ses prisonniers.” Je ne réponds pas mais je pense que quelque part Florian le sait peut-être.

Florian, maintenant, ne fait plus de toiles préparatoires, il travaille sur la grande avec Simon. Il ne lui donne pas d'instructions et retravaille après lui. Simon ne reconnaît plus alors ce qu'il avait commencé. Un jour il demande à Florian ce qu'il veut peindre. Celui-ci répond : “On saura quand ce sera fait.”

Souvent il m'appelle, je monte près de lui, il met son bras sur le mien comme il aime. J'ai l'impression qu'il prend un peu de ma force et l'incorpore en lui, cela me fait plaisir. Je me sens plus forte. Je pense souvent à la maladie comme à quelque chose qui a tenu une place formidable, qui reviendra peut-être et qui pourtant n'est plus là. Un jour où je me tiens près de lui, mon bras sur le sien, il me dit : “Travaille aussi à la toile… Hellé veut t'augmenter.

— Je n'oserai jamais.”

Il me montre Simon qui travaille un peu en dessous de nous et me regarde avec un étrange sourire : “Il le faut… la tâche va encore grandir beaucoup.”

J’en parle le lendemain à Hellé qui, là-bas à Paris, à son téléphone, tient tous les fils des marionnettes que nous sommes peut-être. Elle me répond : “Fais-le. Florian commence toujours par le chaos, le monde s’assemble ensuite peu à peu, c’est très dur pour lui et ce le sera aussi pour vous. Ce tableau-ci, il ne peut plus le faire tout seul.

— Est-ce qu’il va le brûler ?

— S’il est inachevé sûrement. Si c’est votre œuvre à trois, il sentira peut-être qu’il n’en a plus le droit.”

Hellé parle longuement à Margot, elle lui envoie de l’argent et Margot colonise une autre partie de l’atelier. Derrière le mur on entend les ouvriers s’affairer et bientôt il y a là une chambre de repos pour Florian, deux douches, car il reprend des forces sous la douche. Il y a aussi une chambre avec plusieurs lits où d’autres peuvent se reposer.

Nous travaillons tous les trois. Florian me donne des surfaces à recouvrir, comme il fait pour Simon. Je ne me rappelle pas sans regret la grande étendue blanche que la toile formait sur le mur. Maintenant il n’y a plus que désordre, taches, salissures dont je ne vois pas comment pourra naître une harmonie ou une discordance stimulante. Après quelques jours, il me demande de peindre sur un certain espace la pluie. Je n’ose pas lui demander comment je pourrais faire. Je reste longtemps devant la toile sans pouvoir poser une touche. Je me rappelle quelques vers, je les dis, un peu comme une provocation pour lui qui travaille à côté de moi.

O bruit doux de la pluie
Par terre et sur les toits
Pour un cœur qui s'ennuie
O le chant de la pluie.

Il m'écoute ravi. Je ne peux pas discerner si c'est parce qu'il connaît déjà ces vers et qu'il les retrouve ou parce qu'il ne les a jamais entendus. Il se retourne vers moi et de sa voix enrouée reprend :

O bruit doux de la pluie
Par terre et sur les toits.

"Ici, stop ! C'est ça seulement que tu peux faire. Le cœur qui s'ennuie... le chant de la pluie ce n'est pas notre affaire.

— Faire entendre la pluie, c'est possible en peinture ?

— Essaie..."

J'essaie. Pendant de longs jours et sur une surface beaucoup plus grande que celle qu'il m'a assignée, je tente de peindre la pluie.

Après quelques jours, Margot et Antoinette me disent que c'est bien et Simon admire franchement. Florian ne dit rien. Il est tout occupé à sa propre tâche. Il vient, il regarde longuement, il a l'air étonné, il dit : "C'est plus que bien... c'est ce que tu espérais ?

— Non."

J'espérais autre chose mais je ne sais pas quoi. Florian reprend :

"Tu fais voir la pluie, tu voulais la faire entendre : «Par terre et sur les toits.»

— Comment ? On peint pour les yeux.

— Un tableau, il faut aussi qu'on l'entende..."

Je recouvre une grande partie de ce que j'ai fait. La nuit suivante je rêve que je suis au bout d'une table, il y a un repas, une sorte de célébration. Il y a là des peintres. Le repas terminé on met devant nous une sorte de flacon avec un pinceau et une couleur. Devant moi il y a du noir, c'est moi qui l'ai choisi, le noir que j'aime, je me demande si je l'aime encore. J'ai du regret, du chagrin, j'ai mal choisi. Quelqu'un en face de moi, dont je ne peux pas voir le visage, me dit : Toutes les couleurs sont à toi. A ce moment je les vois en moi. Plus seulement avec mes yeux, je peux les toucher, les entendre... je m'éveille.

La pluie est longue à revenir d'autant que Florian agrandit mon espace sur le haut et sur le côté. Il ne donne aucun conseil, il reste de longs moments près de moi et j'ai l'impression qu'il m'écoute plus qu'il ne me regarde faire. Parfois il demande à Simon de venir m'aider. Il lui en a sans doute parlé car Simon reste très peu de temps, il fait quelques traits, plaque un accord et s'en va. Mais le travail est beaucoup plus facile ensuite.

Je ne vois pas la fin de ce travail, je n'y crois plus mais n'ose pas le leur dire. Un soir je me dis qu'il vaudrait mieux abandonner. Le lendemain matin je dois partir dessiner en forêt avec Simon. Je m'aperçois qu'ils ont reculé l'échafaudage roulant. Ils regardent à distance ce que j'ai peint. Simon me fait signe, je monte les rejoindre. Quand je suis près d'eux ils ne disent rien. Je regarde ce que j'ai peint. C'est beau, tout autrement que je m'y attendais. Ce ne sont pas mes yeux qui sont touchés, surpris. J'entends la pluie, comme Verlaine. J'entends la pluie, mais la terre n'a pas besoin d'être là, les toits non plus. Je me dis que j'entends la pluie comme les feuilles, les plantes, la terre qui s'ouvre et c'est cela aussi qu'ils entendent tous les deux.

Qu'ils sont contents, peut-être un peu fiers de moi et nous partons dans la forêt, Simon et moi, dessiner des arbres et des arbres.

Pour un temps je me suis arrêtée de travailler avec les deux autres. Ils se sont installés à mi-hauteur de la toile et Florian peint une ville. Simon est resté un long moment sans savoir que faire, puis il a étendu des bleus, des verts et il a demandé à Florian : "Si je faisais une île ?" Florian a approuvé du regard, Simon a commencé à faire une île qui plaît beaucoup à la bande des trois.

Je lui dis : "Il nous faudrait une maison, une maison dans un arbre, comme dans *Les Robinsons suisses.* Simon n'a pas lu *Les Robinsons suisses* dans son enfance, il ne sait pas comment il faut faire. Il va demander à Florian qui lui dit de travailler aux rues de la ville, il fera lui-même la maison dans l'arbre. L'arbre est immense, un grand escalier tournant l'entoure. Avant que la maison ne soit finie, Margot, Antoinette et Jerry sont déjà devenus des habitants de l'arbre.

Simon aide Florian à peindre les rues de la ville, leur pavement en grandes dalles blanches renvoie la lumière de la lune. La lune éclaire les rues, les bassins, les jets d'eau, de grandes places circulaires, l'étagement des maisons, des églises, des temples et des palais. Elle n'éclaire pas les hommes, cela irrite Simon, il tente de les faire apparaître, il ne réussit pas. Dans l'admirable cité de Florian, qui semble traverser le temps, il y a de la place pour tout sauf pour les hommes. Simon ne peut le supporter. Il quitte la cité inhumaine et retourne à l'île pour travailler le vivant.

J'ai l'impression de rêver quand je travaille avec Simon à l'île, mais quand est-ce que je rêve ?

Lorsque je crois peindre ou lorsque je pense être sur l'île avec Simon. Florian finit sa ville, l'île contient autant de vies et de plaisir qu'elle peut en contenir. Il est trop tôt encore pour le déluge, dont il parle confusément pour la première fois.

Florian est allé faire du café et nous l'apporte. Pendant que nous le buvons, il demande à Simon d'éloigner l'échafaudage. Nous changeons d'étage tous les trois. Depuis plusieurs semaines il y a dehors un grand été torride et nous n'avons presque fait que travailler. Florian me dit : “Toi… tu as les mots.”

J'en parle avec Simon quand nous sommes revenus tous les deux dans la peinture de la maison sur l'arbre.

“Qu'est-ce qu'il a voulu dire ?

— Que toi, dit Simon, tu peux peindre comme on écrit… Tu peux aussi écrire… Nous pas.”

Cela me fait peur, autrefois, oui, j'aurais voulu écrire. Maintenant ? Je ne sais plus. Je ne sais presque plus rien.

Au-dessus de la ville qu'il vient d'achever, la ville superbe et vide que Margot a appelée le paradis perdu par l'intelligence, Florian nous propose d'en faire une autre : une ville d'acier, de machines innombrables, d'autos serrées comme dans un garage souterrain, de camions, de ports, de supermarchés, tout ça culbuté l'un dans l'autre avec beaucoup d'hommes, beaucoup de femmes qui achètent, et beaucoup d'hôpitaux et de prisons. La vraie ville, la vie d'acier. Cela amuse beaucoup Simon. Ce sont des choses qu'il connaît. Sur les bords il y a d'immenses bidonvilles avec des dépôts et des carcasses de n'importe quoi. Il trouve que c'est très long à faire et il m'appelle à son secours. Tout devient vite aigu, zébré, les voitures envahissent l'espace, sous le poids les trottoirs et les façades des maisons s'écroulent dans les égouts. Cela roule difficilement, mais ça roule. On passe sur les bidonvilles avec des bulldozers, les autoroutes se superposent, une énorme tour d'autoroutes. Elle devient si vaste que les autres tours se voilent les yeux et se couchent dans les rues. Les machines de plus en plus fines, pointues percent tout. Elles traversent surtout le sol, il ne résiste plus. La ville des machines tombe dans le paradis perdu, il y a beaucoup de choses noires. Le grand étang qui entourait les palais est rempli de camions renversés de toutes les couleurs.

Ce lieu-là serait beau à voir si on n'avait que des yeux mais le ventre se crispe à cause de la peur qu'irradie l'eau de l'étang recouverte de pétrole.

A l'étage en dessous Florian commence une grande ville orientale et pécheresse, une ville qui flambe. Des grappes d'habitants la quittent et s'enfuient on ne sait où. De l'autre côté ce sont les bateaux des vainqueurs qui s'éloignent. Je pense : "C'est Troie en flammes." Mais le feu finit par s'éteindre, les maisons se sont en grande partie écroulées. Florian est très actif, il n'y a bientôt plus que des pans de murs noircis, des pourritures dispersées, les ossements de ceux qui n'ont pas pu fuir.

A l'étage supérieur nous nous escrimons toujours sur la ville des machines, la ville en fils de fer barbelés. Je sens que Simon déverse là-dedans toute la haine de ses années de prison. Il a raison, mais je ne peux pas l'aider à ça, je n'ai rien à faire non plus dans la cité des cendres que Florian fait flamber. Il faut pourtant que je travaille, que je sois avec eux. Je me place à l'étage intermédiaire en face de ce que Margot a appelé le paradis perdu par l'intelligence. Il se détruit, il s'effondre, mais qu'il est beau encore, le paradis qui aurait pu être celui de l'amour s'il y avait eu des hommes, des femmes, des enfants. Des enfants surtout. Simon n'y a pas réussi, ce n'est pas moi qui vais pouvoir le faire. D'ailleurs il n'est plus temps. Des débris de la cité de fer commencent à tomber dans son ciel, à ravager les toitures de ses monuments et en dessous le feu de Troie en flammes, qui brûle encore dans les sous-sols, s'élève parfois et va ravager les jardins qui survivent. Si j'en avais le désir je ne pourrais plus y amener des vivants. Je fais ce que je peux là où il me semble pouvoir sauver quelque chose. J'étends une petite rivière, je fais déborder une fontaine à l'endroit où commencent à apparaître les flammes venues de la cité des cendres. Au milieu de la ville j'élève vite une montagne sur laquelle peuvent crouler confondues les énormes masses de métal et les machines qui tombent de la cité de fer. Il me semble qu'en faisant cela je défends quelqu'un ou plutôt deux personnes qui sont aux extrémités de la vie, Florian et Jerry.

Parfois Florian monte voir ce que fait Simon. Ils ne se disent rien et Simon descend voir brûler les restes de Troie. Ils sont contents tous les deux, contents de la fureur de l'autre.

Un soir pendant le repas, je ne peux plus me contenir, je suis indignée. Je dis à Florian : "Puisque tu veux tout brûler, brûle aussi les bateaux grecs, ils me dégoûtent. Laisse seulement celui d'Ulysse et celui d'Agamemnon.

— Pourquoi celui d'Ulysse ?

— A cause de Nausicaa, qui l'a sauvé et recueilli, après son naufrage."

Florian est saisi, enthousiasmé par cette idée. Il veut aller tout de suite brûler les vaisseaux grecs, il voit déjà les couleurs, mais je ne le laisse pas faire. Il faut qu'il mange, qu'il prenne un temps de repos, après cela il pourra brûler tout ce qu'il veut.

Quand Florian est couché Simon et moi faisons la vaisselle. Il demande : "Nausicaa, qu'est-ce que c'est ? Et Agamemnon ?

— Pour Agamemnon, demande à Florian. Peut-être qu'il déroulera sur la toile le tapis rouge où sa femme l'a fait égorger. Pour Nausicaa, attends. Je suis juste en train de relire l'*Odyssée*. Je vais te lire des fragments du chant qui la concerne."

Je le lis. Parfois des larmes me viennent dans la voix en lisant, lui aussi est ému et admire. Florian s'est levé, il nous a rejoints à la grande table où je lis. Il écoute aussi. Quand j'ai terminé il y a un long moment de silence. Je voudrais bien pleurer, pleurer sur la beauté, la bonté de Nausicaa, qui n'est plus celle des femmes d'aujourd'hui. Je ne peux pas devant ces deux hommes. Simon se tourne vers Florian et dit : "Nausicaa, c'est elle. Qu'est-ce que nous foutons avec nos flammes et nos ferrailles qui s'écroulent. C'est elle qu'il faudrait mettre dans le tableau."

Je proteste : "Je ne suis pas Nausicaa, je ne veux pas être dans ce tableau." Simon dit : "Mais tu y es déjà. Est-ce que tu crois que nous ne te voyons pas en train de défendre la ville d'amour, celle qui n'existe pas ?"

Je suis touchée, blessée, je m'en vais en courant prendre la voiture et me réfugier chez Margot. Florian dit alors à Simon qui me l'a répété plus tard : "Je vais brûler la flotte des Grecs, sauf les deux bateaux qu'elle se garde. Brûler toute la flotte, je n'y avais pas pensé. Toi, continue à bousiller les mécaniques."

Ce n'est pas la foudre ni le feu du ciel qui incendient la flotte victorieuse qui s'éloigne de Troie. Ce sont d'étranges oiseaux que Florian semble avoir pris dans les débris de ferrailles que Simon entasse dans la cité du haut. Ce sont des formes comme on n'en a jamais vu et qui pourtant sont aptes à encombrer le ciel et à frapper les navires qu'on ne voit presque plus parmi les flammes sulfureuses et les fumées. Seules, déjà loin, s'enfuit la voile blanche d'Ulysse et celle qu'Agamemnon dans son aveuglement a voulue rouge. Le lendemain quand je reviens, Simon me dit : “Je ne connais rien, presque rien, toutes ces histoires, Ulysse, Agamemnon, la Grèce quoi et puis les autres, tu ne pourrais pas nous les lire ou nous les raconter plus souvent ?”

Le soir je commence à lire des épisodes de l'*Odyssée* et de l'*Agamemnon* d'Eschyle. Florian vient écouter. Je suis fatiguée et Antoinette de sa voix de fée continue à leur lire les passages que je lui indique.

Pendant ce temps je monte dans l'échafaudage, je me réfugie sur l'île dans la maison de l'arbre. Simon et Antoinette viennent me rejoindre. Pendant qu'Antoinette lisait Florian s'est endormi. Ils l'ont porté dans son lit.

Nous restons un moment tous les trois à regarder cette maison faite de nos rêves et que Florian a peinte pour nous. “L'île, qu'est-ce qu'elle va devenir ?” interroge Antoinette. Je n'y ai jamais pensé. Je ne veux pas penser comme si le devenir n'existait plus pour moi.

C'est Simon qui répond : “Elle sera recouverte par les eaux comme tout le reste.

— Comment le sais-tu ?

— C'est le déluge, l'eau va venir et tout submerger.”

Je demande : “C’est ça qu’il attend ? Et qui fera monter l’eau ?

— Lui et nous.

— Je ne le ferai pas.”

Simon me regarde étonné, je n’ai donc rien compris.

“Tu devras le faire, comme lui, comme moi. Sans ça il brûlera le tableau. C’est pour ça que nous sommes là.”

Je suis saisie, effrayée par cette obligation qui s’annonce. Je me tourne vers Antoinette : “Tu crois que c’est vrai ?”

Elle me sourit : “C’est évident.”

Le lendemain Florian et Simon étendent le tapis rouge sous les pieds d’Agamemnon, l’énorme et stupide vainqueur abattu quelques jours plus tard comme un bœuf. Son sang se répand des deux côtés, en forme de croix. En la voyant je pense à la croix des croisés. On voit que bientôt Clytemnestre et son amant vont mourir à leur tour. Je suis horrifiée par tous ces meurtres que je leur raconte maintenant chaque soir. Toutes ces histoires cruelles de la Grèce et de Rome. C’est dur mais j’ai toujours dans l’esprit la demande de Simon et son désir de savoir. Florian écoute aussi, toujours sans mot dire. Albert vient souvent avec Margot se joindre à nous, il dit que c’est plus intéressant que le cinéma. Quand je leur raconte une histoire, j’ai l’impression qu’ils redeviennent des enfants. Le matin je vais dessiner avec Simon, mais ensuite je ne monte plus sur l’échafaudage et ils ne me demandent pas d’y venir. Je peins de mon côté, je lis beaucoup, pour nourrir nos soirées.

Quand je remonte, à la demande de Florian, sur l’échafaudage, je vois les étranges suites de ces récits. Il y a beaucoup de sang partout, beaucoup de murailles. Ce que j'avais cru être l'Histoire, oui ce que j'ai enseigné à Sciences-po, l'Histoire on dirait qu'elle n'existe plus. Il n'y a que la nécessité, la faim, la soif, les vêtements, s'abriter, faire l'amour, écraser ou être écrasé et cependant quelque part dans le tableau il y a deux personnages qui disent autre chose. Caïn très sombre, africain peut-être, n'est pas parvenu à tuer Abel, plus souple, plus agile et toujours sur ses gardes. Les sciences, jusqu'ici, ne sont pas son point fort et pourtant c'est par là qu'il pourrait se pardonner peut-être sa tentative de tuer Abel. Abel a vu son désespoir, il se rappelle comment dans son enfance il aimait Caïn, comme il a été protégé par lui, il sent qu'il l'aime toujours et que c'est cet amour non manifesté qui lui a manqué. Toute la terrible descendance de Caïn, les hommes des métaux, de la forge et du feu n'ont pas encore, à cause de lui, pu se réconcilier avec les hommes de la terre, de l'esprit et des eaux. C'est lui, Abel, qui est finalement responsable de cette tentative de meurtre qui n'a pas cessé de recouvrir cette pauvre planète de culpabilité, de sang et d'incendies. Il faut qu'il fasse le premier pas, on pourrait dire que c'est pour ça qu'il ressuscite, dans le tableau. Les deux frères sont-ils réconciliés, est-ce que c'est possible ? Le tableau ne le montre pas.

Ce soir-là Florian regarde les trois derniers tableaux que j'ai faits. Il me fait une ou deux remarques justes, je pourrai faire les corrections le lendemain. Il me dit de mettre mes tableaux dans une des pièces vides que Margot n'a pas encore fait aménager. “Garde-les là, garde aussi tes derniers dessins. Tu les laisses un an ou deux et à ce moment-là tu verras s'ils sont terminés ou à détruire.”

Un an ou deux, j'aurais ri s'il m'avait dit cela il y a quelques mois, persuadée d'être morte bien avant cela. Mais je ne ris pas, je fais ce qu'il dit, puisqu'il croit que je vais vivre. Le soir, après le repas, ils sont tous là. Ils attendent que je commence à lire. Je suis fatiguée des tragédies qui leur plaisent tant. Je lis le début de l'Evangile de Luc. Autrefois je l'aimais beaucoup, je l'ai un peu oublié, mais je suis heureuse de retrouver cette belle histoire avec ses bergers, ses Rois mages et la fuite en Egypte. Manifestement ni Albert ni Simon n'ont jamais entendu parler de ça. Margot et Antoinette sont heureuses comme moi de rafraîchir des souvenirs anciens. Florian garde les yeux fermés, on ne peut savoir, comme toujours, s'il écoute ou s'il dort, mais je sais pour l'avoir retrouvé dans le tableau ou dans ses dessins que, quand je lis un passage important, il l'entend.

J'arrête ma lecture à la fin de ce qu'on appelle : La vie privée de Jésus. Je m'arrête comme si j'avais terminé. Je n'ai pas envie d'aller plus loin. Il me semble que maintenant sa vie privée me suffit. Il y a bien dans la vie publique de Jésus des paroles, des actes que j'approuve et même que je chéris, mais je ne peux pas aller plus loin maintenant. J'ai l'impression que Florian dort. Antoinette m'aide à le coucher. Elle restera loger ici avec moi. Margot emmène les deux hommes, qui ont envie d'aller boire au port.

VII

FLORIAN

Au moment où je vais éteindre la lumière, Florian saisit mon poignet et dit : "Restez encore un peu vous deux. J'ai entendu ton histoire. Ce Jésus a fait ce qu'il faut faire, ce que je n'ai pas fait parce que j'avais peur. La peur domine le monde. Quand j'ai peur je ne le supporte pas. Quand j'étais petit, je criais, je donnais des coups de pied, je me roulais par terre. On m'a mis dans un centre. J'étais assez content là. Mais quand l'odeur de la peur venait je voulais me venger, je jetais des chaises, surtout j'aurais voulu casser des fenêtres, je ne le faisais pas à cause des mains. Je savais que les mains sont très importantes et que c'était ça que la peur voulait déchirer, ce qu'elle voulait détruire. Il y avait un prof dans ce centre qui m'a dit que je pouvais peindre, dessiner et devenir artiste. Il a dû prendre sa retraite et dans ma tête je l'entends toujours dire : «Tu as des mains d'or, suis-les.» Je me suis mis à peindre pour moi-même. Je recevais une petite pension de handicapé et puis, tout d'un coup, je ne sais comment, un marchand de tableaux s'est intéressé à moi. Jusque-là je n'avais jamais exposé qu'en banlieue où personne ne me remarquait. Il a organisé une exposition à Paris, puis une autre à Londres. Il m'a traîné avec lui dans toutes sortes de villes où on voyait mes tableaux, mes sculptures. Des journalistes me posaient des questions, mais je ne pouvais pas leur répondre, je cassais parfois beaucoup et je me sentais seul, de plus en plus seul. Mes tableaux que j'avais l'habitude de donner ou de vendre pour presque rien, tout d'un coup, se vendaient à des prix que je n'arrivais pas à comprendre. Je devenais riche peut-être à ce moment et le marchand plus encore.

Nous sommes allés en Allemagne à une grande exposition internationale. Je ne comprenais pas ce que mes toiles faisaient là. Je regardais les œuvres des autres, beaucoup semblaient crier de détresse et celles qui hurlaient le plus valaient plus cher que les autres. Je ne voulais pas hurler. Quand j'avais envie de le faire, je me rappelais l'homme du centre qui m'avait dit que j'étais plus malheureux que d'autres mais aussi plus heureux par moments à cause de mes mains et de mes instants d'or.

Les gens dans cette foire se disaient l'un à l'autre que j'étais fou, pas à cause de mes œuvres mais parce que souvent je ne pouvais pas m'empêcher de m'agiter, de casser ou de brûler. Ils disaient : «C'est peut-être un nouveau Van Gogh» et ils pensaient : il fera peut-être un jour les prix de Van Gogh et ils essayaient d'acheter à mon marchand jusqu'au moindre de mes dessins. A la fin de cette semaine, j'ai commencé à détester mes tableaux, j'avais envie de les brûler, surtout ceux qui étaient vendus très cher, mais je me retenais, je me retenais.

Quand je suis rentré à Paris, il y avait partout une mer de drapeaux rouges et de drapeaux noirs. Des jeunes qui chantaient, qui criaient, qui écrivaient des choses merveilleuses sur les murs et de grandes feuilles chinoises. Ils élevaient des barricades, ils brûlaient des voitures. Je ne comprenais rien à ce qui se passait, mais j'étais enthousiasmé par tout ce rouge, tout ce noir, les flammes qui s'élevaient la nuit des voitures brûlées, les fumées, les flics et les pompiers avec de grands masques et la fumée des gaz lacrymogènes. J'avais l'impression de vivre dans un grand tableau. Des jeunes disaient : «Il faut arracher l'asphalte, faire repousser l'herbe.» Ils disaient beaucoup d'autres choses que je ne comprenais pas mais qui faisaient feu dans mon esprit. J'étais tout le temps dans la foule, je buvais beaucoup. J'étais presque le seul jeune à avoir de l'argent. Je payais pour tout le monde. J'étais très populaire. Mon marchand me cherchait partout. Sa fille m'a trouvé, elle était inquiète. Mes propos étaient incohérents, j'étais très heureux, je l'ai amenée dans mon atelier, je lui ai dit :

«Il faut brûler ce monde d'argent, brûler tous ces tableaux.»

J'ai commencé à brûler un tableau, elle était épouvantée. Elle m'a laissé faire, j'avais grand plaisir à voir se dissoudre les couleurs, jamais elles n'avaient été si belles, puis j'ai arrosé avec un tuyau. Il n'y avait aucun danger. Je voulais brûler les tableaux un à un. Voir le moment magnifique du choc des couleurs et de la flamme. Je n'ai pas fait attention, elle est sortie et elle a téléphoné aux pompiers. Ils sont arrivés vite. J'étais heureux de tout cet argent qui brûlait, de toutes ces couleurs qui s'exaltaient avant de revenir vers le noir, puis le rien. Il n'y avait aucun danger, c'est ce que j'ai dit aux pompiers, mais j'avais sans doute un drôle d'air, ma bougie à la main avec mes vêtements à demi brûlés, et puis je crois que je chantais et brûlais des billets de banque. C'est ce que la fille du marchand m'a dit plus tard, mais je n'ai pas pu me rappeler ce que je chantais. Les pompiers ont été très gentils, ils m'ont retenu, m'ont lavé, pendant que d'autres aspergeaient les restes des tableaux brûlés, ce qui n'était pas nécessaire. Peu après ils m'ont emmené à l'hôpital.

Je n'ai pas été malheureux là, mais avec les médicaments qu'on me donnait je ne savais plus très bien où j'étais ni ce qui se passait. Je dessinais beaucoup. Le marchand et sa fille venaient me voir souvent. Ils me prenaient mes dessins, je ne comprenais pas pourquoi, c'étaient des essais, des brouillons. J'avais des amis à l'hôpital, je pouvais me promener un peu. Les médecins regardaient mes dessins, ils en discutaient entre eux, ils en tiraient des conclusions, à la fin ça m'a fâché. J'ai déchiré mes derniers dessins et j'ai frappé un des médecins qui voulait m'en empêcher. Après cela, avec les piqûres qu'ils me faisaient, il y a eu un moment où cette chose que je poursuivais dans ma peinture n'a plus été là. Je n'avais plus peur, pour la première fois de ma vie. Mais je n'avais plus envie de rien. Je n'existais plus que pour dormir. Finalement on m'a libéré. Je suis sorti de l'hôpital, il n'y avait plus de drapeaux, plus de manifs ni de combats sur les barricades, plus personne ne brûlait les voitures. Les barricades et la révolution qui devaient faire sortir l'herbe sous l'asphalte s'étaient barrées. Je ne comprenais rien, il me semble que depuis lors je n'ai d'ailleurs plus jamais rien compris à ce qui se passe dans le monde des autres. J'avais peur de retourner à l'hôpital, j'avais peur d'avoir envie de brûler les choses. Parfois quand je souffrais trop je faisais des choses que les gens n'aimaient pas. Je peignais la place de la Concorde avec un bûcher de plusieurs centaines de voitures. Les gens des galeries faisaient semblant d'aimer ces bûchers de voitures, ceux en couleur et encore plus les noirs et blancs. On se les disputait, on les vendait de plus en plus cher, on parlait des tableaux de la folie de Florian. On prévoyait que ça ne durerait pas longtemps et le mal courait toujours partout, surtout dans ma tête. La fille du marchand me comprenait un peu, elle descendait avec moi dans une cave et là, furtivement, nous brûlions quelques dessins et même une fois deux toiles. Elle m'a proposé dans cette cave de faire l'amour avec elle. J'avais peur avant qu'elle en parle, j'ai eu encore plus peur après. Pourtant cela avait été agréable. Je voulais partir, aller peindre des arbres, elle m'a donné de l'argent pour mon départ et m'a dit qu'elle viendrait me rejoindre, mais je n'en avais pas envie. Cela l'a fait pleurer. Elle m'a dit que j'étais riche, que je serai un jour très riche et que nous pourrions nous marier. J'essayais de comprendre ce qu'elle disait, je l'aimais bien, mais je ne voulais pas me marier.

Je suis parti en Provence, je voulais peindre des arbres, comme Cézanne, des pins surtout. Je voulais partir comme lui dans la campagne, m'installer avec un chevalet dépliant, mes couleurs et une ou deux toiles. Il y avait toujours des gens qui venaient voir ce que je peignais. Je ne le supportais pas, je m'agitais et puis finalement je me sauvais en laissant tout là. J'ai enfin trouvé un bois tranquille, un paysan m'y conduisait avec sa voiture et revenait me chercher le soir. Je peignais des arbres. Parfois le mal apparaissait sur l'un d'entre eux, je le frappais avec des couleurs, une autre fois avec la foudre, mais cela ne suffisait pas. J'ai acheté un extincteur. Le paysan m'a dit :

«Fais attention, si tu fais du feu dans cette forêt tu risques de flamber, toi aussi, ou on te mettra en prison.»

Je lui ai dit : «Reste avec moi, à nous deux, avec l'extincteur il n'y a pas de danger.» Ce jour-là le mal n'est pas apparu, mais il est venu des gens qui ressemblaient à des chiens policiers. J'avais peint deux arbres, bien séparés, chacun avec tout l'espace nécessaire. Ils étaient beaux, ils me faisaient du bien, quand j'ai entendu le bruit des gens qui arrivaient. Je croyais qu'ils s'étaient mis en ligne comme pour une battue. Quand ils ont été près, j'ai pas pu le supporter. Jamais je n'aurais pu supporter leurs regards sur mon tableau. Ils ont crié :

«Il est ici, il est ici.»

La toile brûlait. Quand ils ont été tout près je l'ai aspergée avec l'extincteur puis j'ai tourné le jet vers le premier qui m'approchait. Il a dû avoir mal aux yeux, il a crié. Moi aussi j'ai crié et je me suis débattu. Ils m'ont mis les menottes, ils m'ont emmené en prison, le paysan aussi. Chez lui ils ont retrouvé mes autres tableaux, celui avec la foudre. Pour eux c'était la preuve que j'étais pyromane. C'est comme ça que je suis devenu Florian le pyromane. De la prison on m'a envoyé à l'annexe psychiatrique. Il y a encore eu des médecins, des experts, des juges, mon avocat, celui que Lydvine, la fille du marchand, m'avait trouvé. J'aimais bien cet avocat. Il m'apportait du vin, il disait : «C'est ce que je peux faire de plus utile pour vous.» Parfois, pour préparer ma défense, il m'interrogeait sur les raisons de mes actes. Je ne répondais rien, je ne savais pas quoi répondre. Il était franchement désolé de mon silence, je lui ai dit : «J'ai peur, seulement peur. Est-ce que vous ne pouvez pas comprendre ça ?» Il devait quelque part avoir peur aussi car il ne m'a plus interrogé.

Lydvine et son père ont fait signer des pétitions par des critiques d'art, des acheteurs de mes tableaux que je ne connaissais pas. Entre-temps, comme je n'avais plus peint, mes tableaux précédents avaient pris plus de valeur. J'étais devenu une curiosité, un peintre pyromane, cela ne s'était encore jamais vu. Certains pensaient même que moi ou mon marchand avions fait tout cela pour la publicité. Toujours l'argent obscurcissait tout. Si je donnais un dessin à une infirmière ou un infirmier qui avait été gentil avec moi, je voyais dans leurs yeux qu'ils ne pensaient plus à l'amitié que j'avais pour eux mais à la valeur du dessin. Souvent je prenais en haine ce que je faisais, mais je ne pouvais même plus me procurer une allumette.

Avant de sortir de l'hôpital j'avais reçu un papier pour le conseil de révision. J'en ai parlé à un infirmier, Grégoire, qui était devenu mon ami.

«T'inquiète pas, m'a dit Grégoire, avec les papiers du médecin d'ici et ceux de ton passé, à quatre-vingt-dix-neuf pour cent de chances tu seras réformé. Il n'y a qu'une chose possible. C'est que l'ophtalmo remarque ton regard d'aigle, tu vois deux fois plus loin que la moyenne et tu risques d'être retenu pour les paras. Ils recherchent les bons yeux là-dedans. Mais à mon avis rien à craindre.

— Et s'ils me prenaient quand même ?

— Ils verront vite que tu ne peux pas être militaire, le seul risque, c'est que pour se couvrir ils t'envoient pour un stage à l'hôpital psychiatrique de l'armée. J'y ai travaillé, ce n'est pas gai là-dedans.

— Et s'ils m'y envoient ?

— Ce ne sera pas le cas, mais si ça arrivait, fais comme un homme que j'ai connu là-bas. A cet hôpital, qui a plusieurs étages, tous les gens prennent l'ascenseur. A son arrivée, j'étais pressé comme on l'est toujours dans ces grands machins. Je lui ai dit : Attendez un peu, je vous apporte des draps et des couvertures. Quand je suis revenu, il s'était barré, les mains dans les poches, habillé en civil, avec son fric. Il a pris l'escalier et personne ne l'a remarqué. Le temps de prévenir les concernés, on ne l'a pas retrouvé. On a appris plus tard qu'il était parti pour l'Italie et on l'a classé comme déserteur, s'il revenait en France il serait arrêté, mais il ne reviendra pas à moins qu'il ne trouve un moyen de régler son affaire dans quelques années. Mais ne te fais pas peur à toi-même, tu seras réformé illico.»

Il avait bien vu le danger pour moi, je devais passer dans trois jours et dans ces terribles journées je me suis fait une effroyable peur à moi-même. J'étais sûr d'être envoyé dans cet hôpital et ce n'est pas moi qui serais capable de trouver un escalier et de prendre le train pour l'Italie.

Le jour dit, je suis parvenu en me prenant par la main à aller jusqu'à la caserne, mais quand j'ai vu la grande porte, les soldats, les camions militaires qui entraient et sortaient, j'ai été pris de panique, je me suis enfui en courant comme un fou, avec mes grandes jambes j'allais vite. Je ne savais plus où j'étais, je criais quelques fois : Non ! Non ! Deux flics en tournée étaient devant moi, j'étais essoufflé, je ralentissais, ils ont voulu m'empêcher de traverser à un feu vert. Je les ai évités et j'ai entendu l'un qui disait à l'autre : Encore un tocard qui va se faire écraser.

J'ai évité l'accident à cette avenue mais, un peu plus tard, je me suis fait renverser, j'étais pas mal écorché et ma veste un peu déchirée. Cela m'a rendu un peu de sang-froid, j'ai dit au motard : Ce n'est rien. Il ne demandait que ça, car il roulait vite. J'ai vu sur une plaque de métro : Gare du Nord, et j'ai foncé dans le tunnel. J'ai été capable d'acheter un billet à la gare, j'ai pris plusieurs trains et finalement, en me trompant comme toujours, ce n'est pas en Italie mais en Belgique que je suis arrivé. J'avais peur à la frontière, mais il n'y avait personne pour m'arrêter. Je suis arrivé dans une ville, Anvers, avec un grand port et un fleuve. Avec mon costume sali et déchiré, j'ai tout de même trouvé une place comme casserolier sur un grand bateau de tourisme. Ce n'était pas gai, mais j'ai fait le portrait de deux cuisiniers, ils ont été si contents qu'ils m'ont trouvé une place de serveur. Le métier me plaisait, j'avais plus de temps, en me cachant j'ai fait un tableau, les couleurs étaient belles, j'ai eu envie de le brûler, c'était fou mais je ne pouvais résister à ce désir et suis allé la nuit sur un des ponts de la poupe, j'étais sûr que personne ne pouvait me voir à cette heure. Le tableau est devenu plus beau en brûlant, tellement beau que j'ai cru que j'allais jouir. A ce moment une forte lumière située plus haut s'est braquée sur moi, j'ai essayé de m'enfuir, mais les gardiens m'ont cerné. J'avais fait courir des dangers d'incendie au bateau. Il était difficile de le soutenir car il n'y avait qu'un peu de cendres et le navire était vaste. Ils m'ont pourtant débarqué en Egypte où un juge m'a condamné à un mois de prison. Il riait presque en rendant sa sentence : un peintre qui brûlait son tableau au lieu d'essayer de le vendre à tous les jobards qui étaient là. J'ai été emprisonné dans une grande cellule. Nous étions six, ces Egyptiens me plaisaient, surtout un Nubien qui est devenu mon ami. Il devinait que j'avais peur et me protégeait sans savoir de quoi. J'ai fait son portrait sur un mur, lui et les autres l'ont trouvé bien. J'ai fait aussi celui des quatre autres au crayon. Le Nubien, qui connaissait tous les trucs pour obtenir ce dont on avait besoin à la prison, a fait venir une petite toile et des couleurs et m'a demandé de faire un tableau pour lui. Il l'a trouvé si beau qu'il s'est prosterné devant, l'a embrassé et l'a mis tout de suite dans son sac. La nuit, j'avais bien envie de le brûler, mais le Nubien se méfiait et se servait de son sac comme oreiller. Il m'a conseillé de partir dans un autre pays et m'a indiqué où je pouvais obtenir de faux papiers. Après avoir été libéré, j'ai été embauché grâce à lui comme marin sur un navire de vingt mille tonnes et j'ai appris le métier en le pratiquant. J'étais capable de tout faire mais pas de tenir la barre, elle me faisait peur. Je la regardais quand les autres barraient, et je savais très vite ce qu'il fallait faire car je voyais les obstacles bien avant eux. Mais prendre la barre moi-même m'était impossible.

Ce fut mon deuxième bateau. Nous sommes arrivés à New York et la peur m'a repris. J'ai traversé toute l'Amérique, en fuyant toujours plus loin le mot de déserteur, la police française, Lydvine et mon marchand qui voulait que je refasse toujours les mêmes tableaux. J'avais un peu d'argent mais il n'a pas duré longtemps, je suis allé sur les routes et j'essayais de me faire accepter dans un camion. Souvent les camionneurs m'aimaient bien. Je leur donnais de petits dessins, ils me racontaient leur vie, elle n'était pas toujours drôle, la mienne non plus.

En Californie j'ai travaillé avec des vignerons mais je ne me sentais pas assez loin et j'ai trouvé une place sur un navire, puis sur un autre. Jamais assez loin, jamais. Il fallait fuir, tout le temps fuir, à cause de ma qualité de déserteur qui faisait peur et pire, du mot «réfractaire» que je ne comprenais pas et me semblait terrible.

J'en ai fait des traversées et des ports, des routes sans fin, parfois des pistes comme en Argentine ou en Afrique. C'est alors que je me sentais le plus en sûreté car personne ne me demandait mes papiers. Mes papiers, naturellement, j'avais beau les payer cher à des spécialistes, n'étaient jamais bons. Les policiers le découvraient tout de suite, et je me retrouvais en prison ou j'étais expulsé d'un pays dans un autre. Avec les bateaux c'était plus facile, mais je n'en trouvais pas toujours. On me disait que j'avais l'air d'un clochard et on me jetait. Partout c'est la même chose, les vraies gens n'aiment pas les riches mais ils n'aiment pas non plus les pauvres. Oui, pendant des années j'ai parcouru le monde en ayant toujours peur et sans savoir pourquoi je devais m'enfuir ainsi.

J'ai fait tous les métiers sauf ceux où il faut conduire des machines. J'avais aussi peur des machines que des policiers, et à cause de ça je ne gagnais pas beaucoup. J'ai fini par parler un peu toutes les langues et par savoir danser toutes les danses du monde, mais je ne comprenais pas la langue ni la danse des machines.

Parfois dans une ville, si j'avais un peu d'argent, je m'achetais du papier, des couleurs ou des pastels, je faisais un dessin au pastel sur un trottoir et je proposais aux femmes qui passaient de faire leur portrait ou celui de leur enfant. Celles qui acceptaient le premier jour payaient peu, mais elles montraient leurs dessins et, les jours suivants, d'autres personnes venaient me voir et j'obtenais des prix plus élevés. J'ai fait ainsi un grand nombre de dessins, au Mexique j'ai fait aussi beaucoup de petites sculptures peintes, certains les accrochaient à la porte de leur maison et disaient leurs prières devant. Quand je commençais à gagner un peu d'argent ainsi, il me fallait m'enfuir après peu de jours, car très vite des policiers s'amenaient. Presque toujours je me retrouvais en prison ou ramené à la frontière, et alors adieu l'argent, les policiers prenaient tout. Parfois je ne pouvais pas m'empêcher de me saouler à mort comme mon père, je me retrouvais sur le trottoir roué de coups et blessé. Ainsi j'allais régulièrement de la prison à l'hôpital – et souvent quels hôpitaux ! – avec des moments plus tranquilles quand je parvenais à me faire embaucher sur un navire.

A cause de mon aspect de plus en plus défoncé et fou, je me suis présenté sans beaucoup d'espoir dans un port à un capitaine, un Breton. J'étais sale, mal vêtu, il m'a pourtant regardé avec attention. Il avait été lieutenant sur un vieux cargo qui avait sombré, il savait ce qu'était la peur, il avait peut-être vécu la panique. Il a reconnu la peur irrésistible en moi, il m'a engagé, et peu à peu il m'a protégé. Il a été étonné de mes dessins et d'un petit tableau que j'ai fait pour lui. Il m'a dit :

«Je n'y connais rien, mais pour moi c'est sacrément beau, c'est peut-être aussi terrible et je comprends que tu veuilles en brûler certains.»

Il m'a donné un petit réduit que j'ai peint en blanc et où je pouvais dessiner et peindre sans être vu. En arrivant en Australie où son bateau allait régulièrement il m'a même acheté un chevalet démontable. Il m'a désigné un endroit où je pouvais brûler mes dessins ou mes tableaux avec certaines précautions. Il a mis tout l'équipage au courant de cette autorisation.

Ainsi pendant quatre ans je suis allé avec lui de l'Inde en Australie, au Japon, dans les Amériques sans jamais revenir en Europe. Je ne travaillais plus comme marin sauf dans les passages difficiles où on m'appelait à côté du barreur parce que je voyais plus loin que lui. J'étais cuisinier et serveur des officiers. J'ai commencé à aimer le capitaine, je faisais tout ce qu'il me disait. J'avais le sentiment que j'avais enfin trouvé une sorte de papa.

Un jour il m'a dit : «Nous avons un chargement pour l'Europe, en France, de là nous avons des conteneurs à amener au Brésil. Est-ce que tu ne ferais pas mieux de retourner en France ? Un bateau n'est pas le meilleur endroit pour peindre et tu ne peux faire que de petits tableaux.»

Non, je ne voulais pas revenir en France, j'avais peur de la police, j'étais déserteur, je le lui ai avoué.

«Tout doit être oublié, m'a-t-il dit, tu ne cours sans doute plus de risque.»

Je voyais que chaque jour il approfondissait cette idée et j'avais peur. Parfois je me disais que, pour un homme rude mais bon comme le capitaine, ce n'était pas facile de supporter ma peur et j'avais envie de le délivrer de moi.

Dans l'équipage, je figurais sous le nom de Turbin.

Le capitaine m'a demandé :

«Turbin, ce n'est pas ton vrai nom ?

— C'est peut-être le vingtième que je porte, parfois je les confonds.

— Mon frère travaille dans un ministère, il pourrait sans doute te faire restituer ton vrai nom et de vrais papiers, si tu me dis ton nom.»

J'étais troublé, je ne voulais plus dire mon nom à personne, mais comment refuser ou mentir au capitaine ?

«Mon nom, c'est Florian.

— Et ton prénom ?

— Flocon. C'est étrange, mais c'est parce que je suis né si petit que ma mère m'a appelé Flocon. Quand j'ai compris, j'avais honte, je voulais qu'on m'appelle Floc. Tout le monde m'appelait ainsi, j'ai signé Florian parce que mon marchand prétendait que c'était nécessaire. Quand j'ai pris mon premier bateau, j'ai jeté à la mer les papiers de Flocon Florian.

— Nous allons essayer d'en avoir de nouveaux.»

Le capitaine a envoyé des courriers à son frère et, comme nous entrions dans la Méditerranée, il m'a dit :

«Il a retrouvé ta trace bien que tu aies fui la France depuis plus de vingt ans, et il va faire établir de nouveaux papiers pour toi. Tu étais malade et on t'a réformé d'office comme tu ne t'étais pas présenté à la caserne. Nous irons prendre tes papiers à la préfecture en arrivant à Marseille. Mon frère m'écrit que tes tableaux de jeunesse sont connus, qu'il y en a dans de grands musées et qu'à Paris ou à New York tu pourrais vivre de ta peinture.

— A Paris, j'aurais trop peur. Vous viendrez avec moi ?

— Je n'aurai pas le temps, nous ne restons à Marseille que six jours.

— Je redeviendrai fou, Florian le pyromane.

— Non !»

Ce non, prononcé avec tant de force par cet homme habitué à commander et qui m'avait contre tout espoir pris en affection, m'a redonné confiance.

Arrivé à Marseille, je suis allé avec lui chercher mes nouveaux papiers. Il est resté près de moi pendant qu'on me photographiait. Il avait gardé une partie de mon salaire sur son bateau, il me l'a donnée. En quatre ans cela faisait une bonne somme. Il m'a dit que je pouvais aller pendant quelques jours chez son frère, qui m'aiderait à trouver un atelier. Il pensait peut-être que j'étais redevenu un normal. Il a vu le contraire quand il m'a conduit à la gare et au train. Lorsque nous sommes arrivés à mon wagon, je n'ai pas pu approcher de la porte, une force m'étreignait les jambes. J'ai eu beau faire tous mes efforts, j'étais repoussé, j'avais froid, je tremblais, j'étais en nage.

Il m'a encouragé et a pris mon bras, il a vu que c'était impossible. Il était contrarié, j'avais honte de répondre si mal à ce qu'il avait fait pour moi.

Il en a pris son parti à sa façon solide et calme, il a revendu mon billet et nous sommes sortis de la gare.

«Je vais envoyer tes dessins à mon frère, il te les donnera quand tu iras chez lui. Puisque tu ne peux pas prendre ce train pour Paris ni conduire une voiture, achetons un vélo, tu iras par petites étapes. Ça te va le vélo ?

— J'aime, mais je ne peux pas toujours freiner.

— Tu te perfectionneras en roulant, va par de petites routes. Je te donnerai des cartes de France. Tu es un as pour les cartes marines, celles-ci sont bien plus simples.»

Nous avons acheté un beau vélo, moderne, pas trop compliqué, je n'en avais pas peur. Nous avons pris aussi un sac à dos pour mon chevalet, quelques feuilles de beau papier et une toile. Une couverture bien pliée sur mon porte-bagages et, sur son conseil, je n'ai presque rien pris d'autre.

«Tu as de l'argent, achète en cours de route.»

Nous sommes revenus dormir sur le bateau et le lendemain nous avons quitté Marseille en taxi. Il m'a mené dans la campagne, il a fait arrêter le taxi. J'avais envie de pleurer, lui aussi peut-être. Il m'a serré dans ses bras, j'ai senti ses muscles puissants, il m'a dit :

«Pars !»

Je suis monté sur mon vélo, j'ai commencé à pédaler, lui est remonté dans le taxi et est parti dans l'autre direction. J'ai senti que maintenant je n'avais plus de repères et que j'allais vers un nouvel événement.

Je ne me fatigue pas à aller vite, je consulte les cartes du capitaine, je vois tout de suite comment éviter les routes à grand passage et les villes. J'aime pédaler seul sur de petites routes tournantes, le vélo aussi, nous devenons amis. Parfois je m'arrête pour faire un dessin ou sculpter une petite pierre ou un morceau de bois que j'abandonne sur place.

Certains jours je me sens très vieux et dans les montées je marche en poussant mon vélo qui m'encourage. D'autres jours je suis jeune, je pédale, je pédale comme si j'allais chez mon amoureuse et le vélo est content. En Californie j'ai travaillé la vigne, le père de maman était vigneron, c'est tout ce que je connais du passé de ma famille. Parfois je m'arrête chez un vigneron, je lui propose de travailler avec lui, et, chaque fois, la même réponse : Je me débrouille seul, il le faut bien, pas d'argent pour prendre un aide. Je lui dis : J'ai de l'argent, je ne demande pas de salaire, j'aime travailler la vigne, je connais le métier. Parfois cela marche, il apprécie vite mon travail, nous devenons amis et il me loge chez lui. Nous sommes heureux tous les deux, ou tous les trois s'il a une femme. Je ne vais que chez des vignerons pas trop jeunes, après avoir vu, en regardant leurs vignes, s'ils sont vraiment capables.

Après une semaine, il faut se quitter, je continue peu à peu vers le nord. La campagne et les arbres deviennent plus verts. Chaque jour je consulte la carte avec attention et, sans rien voir, je sens que je vais vers un nouveau temps. Je n'imagine pas lequel, Paris me fait très peur mais le capitaine m'a dit d'aller là, il est toujours mon capitaine, je n'en aurai plus jamais d'autre et je dois faire ce qu'il m'a dit.

J'aime de plus en plus mon vélo, je le flatte de la main et il est content, il ne me fatigue pas et me dit toujours quand je dois m'arrêter. Nous avons tous les deux un peu peur dans les descentes, car souvent je ne trouve plus le frein.

Je vois sur la carte que nous allons arriver à la Loire, c'est un fleuve que je ne connais pas. Il faut d'abord escalader de fortes collines, nous en avons déjà franchi de plus hautes dans notre voyage, mais je sens que mon vélo a de l'appréhension. Quand nous sommes au sommet, il me dit :

«Attention maintenant, freine !»

Il me met le frein sous la main, mais très vite je le perds. Je sens que je ne peux pas éviter une catastrophe, car l'événement est tout près. La descente nous mène de plus en plus vite, le vélo me crie :

«Freine avec tes pieds au sol.»

Je freine, je freine, ça ralentit, mais j'oublie et je lève mes pieds. Le vélo en colère grimpe sur un talus, sur lequel je tombe, puis il continue sa course et bondit dans le ravin.

Je suis sonné, abasourdi par ce début de l'événement. Je descends à grand-peine dans le ravin. Le vélo n'est plus en colère mais une de ses roues est voilée.

«Prends ton sac, qu'il me dit, c'est un mécanicien qu'il me faut, continue ta route à pied.»

Il sent lui aussi que l'affaire n'est pas loin.

Je prends mon sac, je repars, quittant avec tristesse mon vélo, et j'arrive à un fleuve plein de petites îles avec du sable, des cailloux et beaucoup de verdure. Le ciel se reflète très bleu dans les eaux rapides. Le vélo a raison, un fleuve comme ça ne peut se voir qu'à pied. Je le regarde longtemps. Le soir tombe et je dors à côté de l'eau dans ma couverture.

Le matin à l'aube, je monte mon chevalet, je prends ma toile et je commence un tableau. Je ne peins pas le fleuve, il est trop tôt, j'étends des couleurs et je sens leur bonheur m'envahir. J'ai un peu froid, j'ai faim, je laisse mon tableau en place et je vais allumer un petit feu pour faire du café chaud et manger ce qu'il me reste."

VIII

LE FEU

“Je sens que quelque chose se prépare. J’ai des sensations de début d’orage, alors que le ciel est parfaitement clair. Je reviens à mon chevalet et là, catastrophe, je vois à dix pas de lui une voiture et devant elle un monsieur en complet-veston et cravate qui déplie un fauteuil, dont la couleur du bois et les gros coussins beiges provoquent en moi une répulsion instantanée. Toute la fadeur et la sévérité de l’existence ont trouvé là leurs couleurs.

J’essaie de retourner à mon chevalet, mais l’événement me souffle : Impossible, à côté de ce terrible fauteuil et de ce mec en costard du dimanche qui s’assoit en dépliant son journal. Il a une auto, il peut aller plus loin. Je m’avance vers lui, je le supplie :

«Monsieur, ne voulez-vous pas aller un peu plus loin, je ne supporte pas les regards quand je peins. Mon chevalet était là. J’étais ici le premier. Je vous en prie, éloignez-vous !»

Il éclate de rire :

«Vous, le premier ! Personne ne vous a jamais vu ici au bord de l’eau. Moi, depuis dix ans, je m’installe ici le dimanche s’il fait beau. C’est ma place, c’est connu dans le pays. Votre chevalet est démontable, allez vous-même ailleurs !

— Je ne peux pas, monsieur, le tableau veut être ici…

— Vous commencez à m'embêter. Qui êtes-vous ? Je pourrais vous dénoncer à la police, vous avez fait du feu, c'est interdit à cette saison.

— Je vais devoir piétiner mon tableau et casser tout. Je suis malade…

— Eh bien, cassez tout, et ne me menacez pas avec vos poings, j'ai ma canne plombée !»

Plombée… Lui aussi veut plomber ma vie ! Je me rue sur mon chevalet, j'arrache mon tableau, je le jette par terre. Je le piétine en pleurant et en hurlant. Continuer ? Impossible, avec cet homme à la voix de plomb, je jette vers lui des fragments de tableau, mais ils ne l'atteignent pas. Il me crie des menaces, déjà je ne l'entends plus. Je suis traversé par un grand cri brûlant, mon corps sort de moi et se tord sur le sol, coupé en deux, coupé en mille peut-être. Mon pied va frapper le montant insupportable du fauteuil de l'homme au complet. Mes malheureux morceaux devenus inadaptés tentent de s'élever en l'air, de se jeter dans l'eau, de mordre la canne plombée, mais ne parviennent qu'à s'entrechoquer et à frapper le sol frénétiquement. Il y a un instant d'arrêt. Je suis dans une toute petite tente avec une femme bleue et dorée, la Loire, au bord du plaisir. Le pied du fauteuil déchire la tente, la Loire s'enfuit, nous ne nous aimerons plus jamais.

Un espoir brûlant surgit. Mon corps revient vers mon esprit. Mes yeux – mais ai-je encore des yeux ? – distinguent le feu merveilleux vers lequel je dois me rendre et que je n'ai cessé de fuir. J'ai trouvé ma maison de flammes et d'éternité. Mon bonheur est immense, insupportable, je vais me briser, mourir, quel bonheur ! Je sens l'instant qui va trop loin, j'embrasse mon élan vital pour le contenir, mais il est trop tard. Je ne peux plus mourir, je n'ai pas le droit de passer le cap. Il est plombé…

Mon corps épuisé se rassemble, cesse de se débattre, je ne suis plus le même, je suis celui qui a vu le feu, dont je dois faire ma vie, mes tableaux, mon acte, mon produit. Je suis consumé, consumé dans la beauté torride et l'effroi glacé. Je souffre, je souffre d'un bonheur qui n'est pas à la portée du pauvre Floc, définitivement terrassé par lui-même.

L'événement est survenu, seul ce qui suivra importe encore. J'ai voulu ne plus me sentir obligé d'être un moi, et je sens que je suis tout couvert de blessures. Le monsieur à la cravate du dimanche a dû s'enfuir. Le capitaine, est-ce que c'est cet événement qu'il a senti approcher et qu'il ne voulait pas voir ? Il a perçu que je ne voulais plus vivre, que je n'avais plus ce plus simple des courages…

Je m'évanouis sans doute, j'entends un camion arriver. Des hommes me trouvent, m'examinent, m'emmènent dans leur camion. Je les entends dire :

«Cet idiot de receveur a pris peur, ce n'est pas un criminel, même s'il a cassé son fauteuil et sa fameuse canne plombée. C'est un épileptique, sans doute. On ne va pas arrêter un homme dans cet état. On le porte au SAMU et, là, qu'ils se débrouillent.»

Je reviens à moi dans une chambre d'hôpital, je suis tout entouré de bandages qui me font mal. Une infirmière entre et me dit :

«Dans quel état vous vous êtes mis ? Si on ne vous avait pas fait tout de suite une transfusion, vous y restiez. Vous avez beaucoup crié. Nous avons besoin de la seconde place dans cette chambre. Je vous en prie, ne criez plus, ce malade a droit au repos.»

J'ai honte et parviens à ne plus crier.

Plus tard elle m'annonce que je serai transféré dans un hôpital près de Paris. On m'y emmène, c'est un hôpital tout neuf. L'infirmier qui m'installe me dit :

«Vous avez une double chance : être dans cet hôpital et que le professeur Hellé vous prenne dans son service.

— C'est qui ce professeur ?

— Vous n'en aurez pas peur, c'est une femme très douce, un de nos meilleurs médecins.»

Le professeur Hellé vient me voir le lendemain avec ses étudiants, elle a un visage qu'il me semble connaître, elle explique ce qu'elle sait de mon cas aux étudiants.

Elle me demande :

«Florian, c'est votre nom ?

— Oui, je viens de reprendre mes vrais papiers.

— Vous avez été marin longtemps ?

— Marin ou autre chose, pendant bien plus de vingt ans.

— Pour quelle raison ?

— J'avais peur, madame.

— Quand l'accident est arrivé, vous aviez commencé un tableau. Vous peignez ?

— Je peux peindre, si personne ne me regarde.

— Je viendrai vous voir seule, après-demain.»

Elle revient deux jours plus tard, mes blessures me font moins souffrir. Elle s'assied au pied de mon lit. Elle a encore un beau visage, marqué par l'âge et la fatigue. Elle laisse le silence établir son lien d'étonnement entre nous.

«Et alors, camarade Floc, vous ne vous souvenez plus de celle à qui vous avez donné votre casque de motard pendant une bagarre en 68 ?»

Soudain je la reconnais : «C'était vous, camarade, à côté de moi quand la charge des CRS nous a séparés ? Vous êtes devenue professeur et l'herbe n'a pas repoussé sous l'asphalte.

— J'ai toujours votre casque, vous n'étiez pas un vrai motard…

— Les moteurs, les machines me font peur.

— Dans les manifs vous étiez souvent ivre. Vous avez été emprisonné ?

— Même pas, les pompiers sont venus chez moi et m'ont emmené parce que je brûlais mes tableaux et peut-être des billets.

— Le dernier jour où on s'est vus, il y a eu une sorte de charge de CRS après leurs bombes lacrymogènes. Ceux qui étaient derrière nous poussaient en avant. Vous m'avez donné votre casque, vous avez pris mon bras, un copain a pris l'autre et vous avez crié : En avant, camarades ! Nous n'avons pas réussi et la bagarre nous a séparés.

— Si je vous ai protégée avec mon casque, je suis content.»

Elle sourit et elle me dit :

«A demain.»

Le lendemain elle revient. Elle examine mes blessures, je suis heureux de sentir ses mains légères refaire mes bandes. Puis elle s'assied sans rien dire. Nous nous regardons, contents d'être à nouveau ensemble.

«En ce temps-là ils m'appelaient Floc. Pourquoi est-ce qu'ils sont tous partis en vacances, laissant l'asphalte dans les rues ?

— Vous regrettez ce temps ?

— Je ne sais pas. J'avais donné un dessin pour vous à un garçon qui était avec nous dans une manif.

— Ce garçon est devenu mon mari, il m'a donné votre dessin. Je l'ai toujours gardé avec votre casque, mais il n'est pas signé.

— Je ne signe plus de mon nom pour échapper à la police.

— Vous peignez encore ?

— Chaque fois que je peux, sans qu'on me regarde. Sur les murs des prisons, sur les trottoirs, sur les bateaux. Sur le bateau du capitaine je signais Turbin, comme il le voulait. Je n'aime plus signer.

— Est-ce que vous savez, Florian, que vous êtes encore célèbre à cause de vos tableaux de jeunesse ?

— Ils sont devenus ceux de Florian le fou, Florian le pyromane.»

Elle se lève :

«Nous en reparlerons demain.»

Elle s'en va. La journée est longue. L'après-midi l'infirmier me transporte en chaise roulante dans une petite pièce. Il y a le chevalet du capitaine, des feuilles de papier, une petite toile, pinceaux et couleurs. L'infirmier m'installe devant le chevalet et repart sans rien dire.

Je me mets à peindre la petite toile, elle veut revenir sur le bord de la Loire devant l'affreuse image du receveur et de son fauteuil. Je n'ai jamais peint quelque chose d'aussi stupidement méchant et borné. Devant le fauteuil du receveur et son journal, pattes en l'air, les membres saccadés, cette petite masse sanglante hurlante : c'est Turbin, Floc, Froc, Florian, cet être qui se brise dans l'immensité de l'événement.

L'infirmier revient, il ne regarde pas le tableau, il ne me parle pas. Il me ramène dans mon lit :

«Je voudrais revoir plus tôt le professeur Hellé.

— Après-demain, monsieur.

— Après-demain, comment supporter la vie jusque-là ?»

Je la supporte, il le faut bien.

Quand le professeur arrive, elle demande :

«Vous avez haï cet homme ?

— Je ne pouvais pas supporter qu'il me regarde, il a provoqué le déchirement de mon corps qui était de trop. Puis l'instant…

— L'instant ?

— L'instant de bonheur, terrible. Quand on a vécu cela, tout ce qu'on peut vivre encore arrive après. Je vis après. Après, professeur.

— Le corps n'est jamais de trop tant qu'on vit. L'instant ne survient pas, il est en nous. Les arbres savent cela, ils peuvent fleurir ou devenir à l'automne des arbres d'or, mais peu de temps. Ils recommenceront plus tard. Tout change sans cesse.

— Floc ne savait pas cela, avant l'événement, Florian non plus, tant qu'on vendait ses tableaux. Peut-être que maintenant je vais vous comprendre.

— Est-ce que Florian est ton vrai nom ?

— Oui, sur les papiers, professeur. Mais mon nom véritable n'a encore été prononcé que par un enfant.

— Tu étais bien, dans ton petit atelier ?

— Je suis bien quand je peins et qu'on ne me regarde pas.

— Dans la haine ?

— Je ne sais pas. Je suis bien aussi quand tu viens.

— Il faut que tu restes encore à l'hôpital.

— Je suis si malade, professeur ?

— Nous verrons. Le receveur a porté plainte. Tu as fait du feu à une époque interdite, tu as cassé son fauteuil, tu lui as donné des coups de pied et tu as même cassé, je n'imagine pas comment, sa canne plombée.

— Je ne savais plus ce que je faisais, ni où j'étais. Est-ce que je suis encore comme ça ?»

Le professeur finit par dire, très lentement : «Non.»

L'après-midi l'infirmier me reconduit à l'atelier. Je n'ai que du papier. Je fais deux dessins. Ils sont beaux, trop beaux pour Floc et Turbin. J'ai traîné si longtemps à travers le monde, dans les ports et les parties les plus misérables des grandes capitales que j'en porte des traces. Je veux brûler mes dessins, mais je n'ai pas de feu, les piétiner, mes jambes sont sans force. Je commence à les déchirer. L'infirmier arrive, me prend les morceaux et sans un mot me reconduit dans ma chambre.

Le lendemain le professeur arrive avec les morceaux recollés des dessins. Ils sont toujours beaux, malgré les déchirures. Elle dit :

«Floc ne doit plus faire ça. Plus besoin de casser, de détruire, de brûler des voitures.

— La vie est plus belle quand ça brûle et quand ça barricade.

— Pourquoi ne brûles-tu pas les maisons et les œuvres des autres ?»

Je suis saisi par cette question :

«J'aime les autres… Peut-être.

— Tu aimes ta misère, Florian.

— Il le faut, comme au temps de papa. Moi aussi on m'a ramassé ivre sur les trottoirs. Le capitaine voulait me changer, il m'a envoyé vers Paris à vélo. Est-ce que c'était pour te retrouver ?»

Hellé sourit :

«Peut-être. La vie est une étrangère qui nous commande, sans que nous le sachions.»

Elle me tend les dessins et un briquet :

«Brûle si tu veux.»

J'hésite, puis je vais brûler les dessins au-dessus de mon lavabo. C'est un moment merveilleux. Les dessins en se recroquevillant montrent leurs traits martyrisés qui me transportent.

Il y a des larmes dans les yeux de Hellé. Coûte que coûte j'ai connu à nouveau la joie de la destruction et j'ai fait pleurer Hellé, ma particule d'espérance.

«Tu pourrais sortir de ta misère, Florian. Ton ancien marchand est mort. Lydvine, sa fille, a mis à la banque la somme qu'il te devait. C'est une grosse somme, tu pourrais vivre de tes œuvres.

— Mais alors, professeur, je ne pourrais plus brûler et détruire ce que je veux.

— Brûle ce que tu veux, Florian. Mais essaie de laisser quelques œuvres pour les donner ou pour les vendre.»

Je ne peux pas lui répondre. Je ne vois pas comment Floc, Froc, Toc ou Turbin pourraient encore changer sa vie.

Hellé n'insiste pas et s'en va.

Je peux sortir sans mon fauteuil roulant, je tiens un peu sur mes jambes. L'infirmier me conduit à l'atelier. J'ai là maintenant tout le matériel. Je peins un tableau et je n'ai pas envie de le détruire. Est-ce que je ne l'aime pas assez pour cela ? Quand le professeur revient elle me dit :

«Tu es sous le signe de l'ange de la destruction, Florian. Tu es peintre et tu seras aussi prophète.

— Moi prophète ! Je suis celui qui ne comprend rien au monde et aux machines. Tous les autres savent, moi pas.

— Tu es un prophète du feu, qui se prend pour un prophète des cendres. Avant de fuir à travers le monde, tu as donné aux autres de belles œuvres, et malgré toi tu as laissé des traces de ton génie sur les murs, les prisons, les bateaux. On a retrouvé quelques-unes des merveilleuses petites statues que tu as abandonnées dans tes voyages et le long des routes. Tu n'es pas fait seulement pour brûler.

— Tous voulaient me faire faire du Florian. Si je sens que je fais du Florian, je dois brûler, casser.

— Quand tu as fait ta crise, tu voulais peut-être te brûler toi-même. A côté de la Loire, te noyer aurait été plus facile. Tu ne l'as pas fait. Tu as roulé depuis la Méditerranée vers le feu.

— Je n'ai pas de place dans le monde, professeur. Toujours, je suis chassé. Le capitaine m'a dit un jour : Turbin, tu sens le feu. Peut-être qu'il a senti que j'avais envie de brûler le navire et moi dedans. Le capitaine était bon, une sorte de papa, et il a vu le feu en moi.

— Dans ta crise, tu as cru que ton corps allait brûler ton esprit.

— Comment sais-tu ça, professeur ?

— Je sens le feu, moi aussi, autour de toi, il faut plus que la Loire pour l'éteindre. Tu as voulu le tout d'un seul coup, mais le tout n'est pas à notre mesure. Ce n'est pas moi qui peux te guérir, je ne peux que t'aider en t'écoutant. Tu devras toi-même te permettre de vivre.»

Ainsi nous avons parlé des jours et des jours. Nous sommes redevenus de grands amis. Je respectais beaucoup son affection et sa parole, mais je sentais qu'elle ne me parlait pas dans ma langue originelle. J'ai osé le lui dire. Elle a dit :

«Peut-être avons-nous tort de parler comme des adultes. Est-ce que tu n'es pas né prématuré ?»

Je ne le savais pas, et cette découverte m'a fait pleurer.

Quelques jours plus tard elle m'a dit :

«J'ai fait faire des recherches. Tu as été un grand prématuré, tu as été mis plus de trois mois en couveuse et tu as survécu. Pendant ce séjour ta mère était gravement malade, elle n'a pu venir à la couveuse te parler avec son corps comme elle aurait dû le faire. Nous allons essayer de parler entre nous comme une femme à son bébé, un bébé à sa mère.»

Notre langage a peu à peu changé lors de ses visites suivantes. C'est devenu une sorte de gazouillement souriant. C'est ce gazouillement que tu as entendu, Florence, c'est lui qui t'a donné le courage de t'engager dans notre folle entreprise. C'est de ce même langage que je me sers avec Jerry pour remplacer son père, ce monsieur important qui n'a pas une minute à lui et est toujours occupé par ses affaires.»

A l'hôpital je continue à peindre, à dessiner et à brûler beaucoup, mais je confie le reste à Hellé, pour les autres. Elle me dit :

«Le secrétaire que j'ai engagé pour s'occuper de ton œuvre a reçu l'argent de Lydvine. Il t'a trouvé un bel atelier, où tu pourras peindre et brûler tout ce que tu veux. Il s'est arrangé avec une petite salle d'exposition pour montrer et vendre tes œuvres.»

L'atelier est grand et bien exposé, je peux y travailler le jour et revenir le soir à l'hôpital. Hellé passe parfois à l'atelier me voir et regarder mes œuvres. Un jour je ne peux m'empêcher de lui dire :

«Le feu est toujours là.

— Je vois.»

Et soudain :

«Pour réduire ce feu, il faudrait le déluge.»

Elle est profondément surprise par ce qu'elle vient de dire. Je suis marqué, transpercé par un éclair et je bafouille :

«Le déluge… le déluge…»

Elle voit mon désarroi, et dit :

«Il faut que tu cherches le lieu, le but est là. Prends le temps qu'il te faudra pour trouver.»

Je suis parti à la recherche. Tous les soirs elle me téléphonait en gazouillant pour me donner courage. Elle voyait bien que ma vie se déroulait entre le feu et la peur de l'art défendu. Ils se succédaient en moi, engendrés par ce qu'elle appelait : mon inconnu. J'ai cherché longtemps le lieu où je pouvais vivre et peindre le déluge. Finalement je l'ai trouvé ici grâce à toi Florence, à tes amis et à Jerry. Je ne suis plus tout seul comme je l'ai été si longtemps. Je suis plus rarement pris de peur. Un de vous est toujours là. Simon dit que vous êtes l'ancre dont j'avais besoin pour fixer mon prophète inconnu et flambant.

Je peins en accord secret avec Hellé qui a prophétisé le déluge et avec Jerry qui m'a appelé Noé. Grâce à vous j'ai trouvé mon territoire, celui que j'ai si longtemps cherché sans le savoir. Est-ce que tu me comprends, Florence ?"

Je laisse s'écouler un instant de silence, et je réponds :

"Il n'y a rien à comprendre. Vous nous avez embarqués sans nous prévenir dans l'arche et le déluge. Nous y sommes avec vous maintenant. Nous devons y rester jusqu'au bout."

IX

ÈVE

Pendant de nombreux jours Florian travaille à une partie du tableau qu'il recouvre d'une toile chaque fois qu'il s'arrête. Il continue à nous donner des indications pour les parties que nous avons à peindre, mais nous sentons son esprit ailleurs. Il a recouvert d'une bâche la pyramide de dessins sur carton ou sur bois, sur lesquels il m'a peinte et peut-être guérie. Il descend parfois de l'échafaudage, soulève la bâche, regarde longtemps et remonte travailler. Il est tout absorbé par ce qu'il fait, il nous demande de continuer à sortir pour dessiner chaque jour, mais il ne se joint plus à nous. A table, si on lui adresse la parole, il ne répond que par un sourire. Je sens très souvent son regard peser sur moi. J'ai l'impression qu'il capte le moindre de mes gestes, de mes expressions et même les intonations de ma voix. Margot et Antoinette remarquent comme moi cette façon nouvelle qu'il a de me suivre du regard. Antoinette dit : "Il te prend en lui-même et là, sans t'enfermer, il te chérit, il te chérit." Et Margot : "Cela te semble lourd peut-être mais quelle chance tu as !"

Non, cela ne me semble pas lourd, il est doux d'être ainsi chérie par un regard et une pensée qui n'exigent rien de moi. Je me demande pourtant où cela va me conduire, car, au rapport si précieux qui grandit entre Florian et moi, je ne sais pas comment les autres vont réagir. Le soir, maintenant, c'est Florian qui désire le plus m'entendre raconter ou lire des histoires sur la Grèce, Israël, l'Inde ou l'Amérique, ou des contes des *Mille et Une Nuits*. Souvent ensuite il prend ma main et la garde dans la sienne jusqu'à ce qu'il s'endorme. Quand j'éteins et quitte sa chambre, je me demande si je suis encore dans ma vie ou dans une histoire que je lui raconte et qu'il va peut-être peindre. Alors je vais prendre la voiture et avec Simon nous roulons très vite sur l'autoroute. Quand nous parvenons à une certaine heure, je m'arrête, je lui passe le volant et il revient encore plus vite, comme s'il fallait être rentrés avant une heure redoutable. Quelle heure ? Celle que nous ignorons.

Un soir Florian ne descend pas de l'échafaudage comme il a coutume de le faire quand le jour tombe. Il a allumé des lampes pour s'éclairer. Je mange avec Simon et Margot. Quand nous avons terminé je lui annonce d'en bas que je vais commencer une histoire qu'il m'a demandée la veille. Je commence. Simon et Margot sont captivés. Il y a un grand bruit qui vient de l'échafaudage, tout en haut Florian crie, on dirait de joie. Il écarte la toile, il est très calme, d'une main il tient son briquet, de l'autre une torche qu'il a faite avec des journaux. Simon dit : "Il va tout brûler." Il veut se précipiter vers lui, mais je le retiens.

Là-haut Florian ne brûle pas la toile, il allume sa torche et avec grand plaisir la regarde tomber lentement sur le sol où Simon l'éteint. Revenu près de nous, il dit : "Vous pouvez aller voir." Margot et moi nous l'aidons à se coucher, il est à bout de forces. Quand je sors de sa chambre je vois Simon en haut des escaliers en train de regarder ce qu'a peint Florian. Il semble pétrifié, ne m'appelle pas, ne me fait aucun signe. Je ressens de l'appréhension, je monte lentement, à l'étage au-dessous je vois que Simon regarde toujours, fasciné, la peinture que je ne puis voir encore. Je le vois plus grand, plus lumineux que d'habitude avec sur ses lèvres ce sourire un peu félin qui m'amusait autrefois et que peut-être je redoute maintenant. Je pense une fois de plus : Qu'il est beau ! Comme un poignard, comme un fusil. Pourquoi ? Je n'aime ni les poignards ni les fusils et, pourtant, c'est sa beauté. J'arrive en face de lui. En me voyant il tressaille, il rougit, il me regarde comme il ne m'a jamais regardée.

Je vois soudain la peinture, c'est Eve. Eve nue au milieu des arbres, dont les feuilles l'environnent en partie. Eve toute fine, Eve toute blonde, parfaite, bien plus belle que moi et pourtant c'est moi. Le visage couvert d'un voile transparent, on devine plus qu'on ne voit les yeux, le sourire. Florian a peint le jardin perdu qu'il a retrouvé. Au centre de mon corps il y a une branche, une feuille qui cachait mon sexe, de la main Eve l'écarte. Je pense : Je ne suis plus interdite. Je me tourne vers Simon, il est dans un grand trouble, il n'ose pas bouger, il est tremblant d'amour comme moi. Je ne me connais plus. Je voudrais m'enfuir, je voudrais rester…

Simon, je savais qu'il m'aimait, mais pas comme ça, pas déjà en moi comme une pierre brûlante. Je devais penser à Florian, m'occuper de lui, de la peinture, de ma maladie. Si je survivais, on verrait plus tard. Je survis, je vis, je vais vivre, c'est ce que Florian montre, le temps n'est plus de ne pas le savoir. Simon est là, admirable, redoutable. En face de moi, en moi qui peux le faire prendre feu à n'importe quel instant comme sans le savoir, et tout tremblant il peut aussi me mettre en flammes. Il pourrait fondre sur moi et m'emporter comme une proie. Ce n'est pas ce qu'a peint Florian. Là, entourée d'arbres, je suis souveraine et mérite attente et patience. Simon le sent, il s'écarte, moi aussi. Nous descendons chacun de notre côté par un escalier différent. Quand nous sommes en bas, Simon s'approche de moi, il embrasse ma main, je tremble, il tremble aussi, nous nous séparons.

Le lendemain quand je sors de ma chambre, Simon m'attend. Il me prend la main. Nous montons voir à nouveau l'Eve de Florian. Hier j'ai été si surprise de découvrir qu'à travers les millénaires j'étais Eve. Eve promise ou plutôt donnée par Florian à l'homme qui est là à côté d'elle, avec un espoir, un esprit si ardent que je n'ai pas pu contempler la beauté de la peinture, aveuglée par celle de la femme. Ce matin, à la lumière du jour, j'en suis éblouie, Simon aussi. Cette œuvre a deux langages : un qui dit seulement la splendeur de ce qui est, la femme, les arbres, le temps que l'on voit s'écouler avec le frémissement de l'air. L'autre qui annonce la liberté et la donne. Le corps qui est là, le mien, est déjà donné à Simon et par ce don son corps est donné au mien. Qui paie pour ce bonheur, cet honneur qui nous est échu ? Est-ce Florian qui est le sacrifice et le sacrifié ? Si je posais la question au professeur Hellé, elle répondrait sans doute : S'il le veut, il est libre.

Ce dimanche-là Florian est allé se promener avec Jerry et Margot. C'est ce jour que nous nous aimons pour la première fois avec beaucoup de douceur et d'attention, mais nous savons que nous n'en resterons pas là. Le soir quand je leur lis des passages du *Cantique des cantiques*, ce n'est plus un poème que je lis, c'est mon corps, c'est celui de Simon que je chante. Un événement a eu lieu entre nous, tous le sentent. Florian sourit de cette façon qui fait disparaître un instant l'âge, les douleurs, la fatigue et me dit : “Ma main, j’ai suivi ma main.”

Dans le temps qui suit, la passion nous saisit. Simon, constamment, me touche des yeux, des mains, de sa parole et moi, constamment, je le cherche et l’appelle avec mon cœur. C’est trop, c’est beaucoup trop. Il y a une espèce de chaleur, presque de fureur, qui emplit l’atelier. Chaque instant de séparation est un instant de douleur. Florian en souffre, notre ardeur ne cesse de le traverser. Pourtant c’est lui qui nous a ouvert la porte qui était fermée et nous a rendu le jardin oublié ou perdu.

Hellé me téléphone : “Vos deux présences continuelles, me dit-elle, c’est trop pour Florian. Qu’un de vous deux habite ailleurs. Fixez-vous une règle, des heures séparées, d’autres communes à l’atelier.” Je sais qu’elle a raison. C’est Simon qui habitera ailleurs. Il ne viendra plus à l’atelier que pour travailler. Nous nous verrons le soir.

Le travail continue, l’immense tableau grandit, en même temps que notre double passion. Celle-ci nous fait crier quand nous nous aimons et je pense que cela fait peser le temps sur Florian. Je le dis à Simon, il le sent aussi, mais il ne peut s’arrêter de songer à moi. Je suis pour lui aussi insondable qu’Eve. Je viens comme elle de générations ténébreuses et vais vers d’autres encore futures. Florian parfois s’étonne de sentir que notre amour lui apprend à penser et à souffrir d’une autre manière. Il le dit à Albert, qui lui répond : “C’est peut-être pour ça que les femmes existent !” Et Florian rit.

Florian me propose de l'aider à faire flotter une arche sur des eaux tumultueuses. "Après nous ferons la couleur. Fais-la comme tu pouvais l'imaginer dans ton enfance." Je suis effrayée, je ne puis imaginer l'arche flottant sur rien. Florian rit et en quelques heures suscite dans une scène vide du tableau une mer sombre, déchaînée. Je n'ai pas de souvenir de l'arche dans mon enfance. Ma mère ne m'en a jamais parlé malgré tous les livres qu'elle me poussait à lire pour que je réussisse dans mes études. Je ressens un grand désir de voir Simon. Je vais en courant jusqu'à l'étage où il travaille. Je me jette dans ses bras, il me serre fort, je lui dis à l'oreille : "L'arche, comment faire l'arche ?"

Il me fait asseoir près de lui sur les planches de l'échafaudage. Il me console, il comprend ce que ma mère ne voulait pas savoir : Je suis une petite fille avec un lourd chagrin. Il me dit : "Ce soir, racontenous l'histoire du déluge et de l'arche et tu comprendras peut-être, comme nous avons compris en t'écoutant, Florian et moi, presque tout ce que nous avons peint."

Je regarde le tableau, c'est un immense chaos de couleurs et de formes mais il y a plusieurs scènes où je retrouve des fragments des histoires que je leur ai racontées. Nous restons un long moment l'un près de l'autre. Heureusement Simon ne m'embrasse pas, ne me touche pas. Je peux poser ma tête sur son épaule et me laisser aller à mon chagrin inconnu, qui se dissipe peu à peu. Je l'entraîne voir la mer démontée que Florian a peinte ce matin. Il est revenu depuis et il a ajouté deux icebergs. Un rayon de soleil perce la brume et fait briller leurs sommets. Ils étincellent, ils sont très menaçants. Il faudra toutes les baleines de l'imagination pour protéger l'arche. L'idée plaît à Simon : "Tu vois, tu commences à sentir l'arche."

Je lis et je relis avec Simon le texte du déluge dans la Bible, et le soir je le raconte en ajoutant quelques détails inconnus. Simon m'écoute avec attention, puis proteste : "C'est pas comme ça dans le livre", et cela fait rire Florian. Il sait comme moi qu'on ne peut pas mettre toute cette immense aventure dans un livre.

Un soir je dis :

"Noé et les gens de son clan n'ont pas de machines, rien que des outils, des leviers et des cordes. Noé est un travailleur acharné mais ses enfants et les hommes de son clan veulent surtout s'amuser en chassant et jouant. Noé est désespéré et prie le ciel de lui envoyer de l'aide."

Florian entreprend de lui en fournir. Il ne peut pas la trouver dans le passé que le déluge doit détruire, il se tourne dans une nouvelle scène vers le futur et l'on voit apparaître sur la toile une femme qui me ressemble, mais qu'il appelle Marie. Elle est montée sur un petit âne et à côté d'elle, chargé d'outils, marche un charpentier qui ressemble à Simon. Florian peint très vite, et Marie, après avoir attaché son âne à un piquet, nous émerveille en prenant la direction des femmes et en commençant tout de suite à mettre de l'ordre dans l'encombrement des tentes et des cuisines du clan. Il se retourne ensuite vers Simon et lui dit, en lui montrant une grande surface blanche : "Il faudra te peindre en train de couper les arbres sur la montagne proche, et de les faire descendre jusqu'au chantier. Les couleurs seront : vert, brun, gris rocher et blanc copeau."

Les fils de Noé n'ont aucune intention de travailler eux-mêmes : ils veulent s'amuser et, si c'est absolument nécessaire, en diriger d'autres. Mais travailler eux-mêmes, jamais ! "Tout à fait comme moi quand j'avais dix-sept ans, dit Simon, mais je ne vais pas les envoyer en prison comme on m'a fait." Je leur mets la main sur l'épaule avec un sourire et dit : "En route !", et les hommes me suivent. Simon s'active longtemps sur la toile, et peu à peu les troncs se mettent à descendre en tumulte par un fossé peu profond qu'il a peint. Pendant que Florian et Simon travaillent, je les regarde faire et je contemple surtout celle que Florian a appelée Marie car je sens que je devrai peut-être continuer à peindre son histoire.

Le lendemain matin, quand je monte sur l'échafaudage Florian me fait signe d'aller aider Simon. Il s'agit de préparer une autre scène. Nous commençons chacun à tracer les contours de la grande colline ronde où le chantier est établi. Est-ce que nous devons aussi tenter de tracer l'arche ? A ce moment Florian surgit. Il regarde ce que nous avons fait et dit seulement :

"Trop petit... Beaucoup trop petit... Où est le chantier, où sont les femmes ?"

Nous comprenons alors qu'il a un projet beaucoup plus vaste que nous ne l'imaginions et qu'il s'agit de raconter avec des lignes et des couleurs toute l'histoire de la construction de l'arche. Il faut montrer d'abord l'énorme désordre qui régnait sur la colline et dans le clan de Noé jusqu'à l'arrivée de Marie. Les tentes emmêlées, les cuisines rudimentaires où chacun prépare seulement la nourriture des siens. Les chameaux au repos, et à la meilleure place le terrain où jouent les hommes du clan, admirés par les enfants. Les couleurs de Florian, pour le groupe des femmes, sont très belles et variées. Je sens que c'est moi qui devrai tenter de peindre une partie de la suite. Le ciel est très pur, des nuages légers, parfois quelques pluies bienvenues, le déluge ne s'annonce pas encore sauf par l'active paresse de la plupart des hommes qui passent leur temps à jouer. Nous travaillons ainsi plusieurs semaines à peindre le chantier, Florian vient nous voir, fait parfois quelques corrections et retourne à son propre travail qu'il ne nous laisse pas voir. Les troncs continuent à descendre de la montagne, il y a partout des écorces d'arbres et des scieurs de long auxquels Florian de sa main enchantée a appris le métier. Noé de son côté veille à tout et Florian me demande de le peindre. Mais ce que j'ai vu en moi jusqu'ici n'est encore qu'un nom, et ce qui sort de mon pinceau m'est tout à fait inconnu. Il est long, maigre, et je ne peux pas faire son visage car je le vois à la fois comme un homme de la vieille Bible et comme un personnage qui ressemble peut-être à Florian. Sur la montagne qu'a peinte Simon la forêt continue à disparaître, et les roches grises prennent de plus en plus de place.

L'amour entre Simon et moi s'approfondit. Je serai toujours la plus intelligente, la plus savante, même la plus perspicace, mais lui est plus voyant, plus habile de ses mains, son trésor caché est plus riche que le mien. Nous nous nourrissons l'un de l'autre et Florian nous éclaire et nous obscurcit. Un soir il nous amène du côté toujours bien clos où il travaille. Il a peint là le squelette terrifiant de l'arche. Aucune chair, rien que des membrures en attente. Ce squelette est immense, il déborde la colline, il dépasse nos forces et la rapidité avec laquelle Florian l'a édifié montre que le déluge approche. Ce squelette de couleur claire dit la puissance de la vie, venue au secours de la race des hommes. Le ciel qui se couvre annonce le début du déluge, et on voit que Florian pense malgré lui : Les hommes ne changeront pas. Ils seront toujours les mêmes, surchargés de désirs impossibles, et prêts à se précipiter, la tête haute, dans le malheur, les guerres et les famines. Ce que nous voyons sous le pinceau de Florian est triste, désespéré peut-être, mais admirable de force et de couleurs. Je pense : Oui, l'homme est quelque chose de terrible.

Florian nous propose de faire les scènes suivantes à trois. Nous avons peur, comment être à sa hauteur ? Nous avons besoin aussi d'être l'un avec l'autre et de nous distraire du travail. Florian, à part ses rencontres avec Jerry et les réunions de notre petit groupe, est très solitaire.

Je me décide à appeler le professeur Hellé. Elle me dit :

"S'il vous demande de peindre avec lui, c'est qu'il pense que vous pouvez le faire. Vous apprendrez beaucoup. Est-ce qu'il travaille toujours à la même toile ?

— Oui. Une seule toile avec d'innombrables scènes.

— C'est bien.

— Est-ce que vous ne viendrez pas nous voir ?

— S'il le demande je viendrai. Mais il vaut mieux que je reste à l'écart."

Nous commençons à travailler avec Florian, il travaille au centre et à notre grande surprise ne nous donne presque pas d'indications. Le ciel devient sombre. La montagne verdoyante qui surmontait notre chantier a perdu tous ses arbres. Elle ressemble à une grande bête écorchée. D'énormes caisses de provisions s'élèvent, l'arche est presque terminée. Elle s'élève, gigantesque, dépassant de l'étrave et de la poupe les dimensions de la montagne. Les pluies sont très fréquentes, on peut voir au loin que les rivières sont en train de déborder. Tous les animaux de la terre commencent à affluer deux par deux. C'est long, très long. Les éléphants, les hippopotames, les rhinocéros apparaissent. Les grands carnassiers n'attaquent pas. Il faut équilibrer, et ce n'est pas facile, les deux côtés de l'arche. La pluie tombe de plus en plus fort dans les vallées tandis que les animaux arrivent comme une longue rivière qui remonte en amont. Un grand orage commence à tomber, tous les animaux ont trouvé leur place. L'eau arrive jusqu'au pied de l'arche. Des baleines surviennent, elles ne savent pas si elles sont des poissons. Noé leur dit de rester dans la mer car elles sont trop grandes.

L'eau commence à monter. Les habitants des vallées doivent quitter leur maison et s'enfuir. On voit leurs grouillements se produire en vain sur le flanc des montagnes. Il y a sur les eaux d'innombrables barques surchargées de gens et d'animaux. Chaque fois qu'une grande trombe d'eau se produit, il y en a moins. Je ne peux m'empêcher de pleurer en peignant, car sur ma tranche du tableau il n'y en a presque plus. Le Seigneur dit à Noé :

"Tous les animaux sont en place. Appelle les hommes et les femmes qui travaillent encore à l'extérieur, bientôt vous devrez naviguer."

C'est Florian qui, par une grande éclaircie, peint leur entrée dans l'arche.

Simon et moi nous nous retrouvons avec lui à l'intérieur de notre navire, face à notre tableau. La pluie grossit et tombe par terribles rafales. Nous perdons pied bien souvent dans cette catastrophe.

Nous ne savons plus où nous sommes. Florian alors survient et avec quelques coups de pinceau il nous découvre de nouveaux aspects de la scène que nous peignons et comment la faire évoluer. A certains moments la fatigue pèse sur nous, il se couche alors sur la planche de l'échafaudage, nous faisons de même, nous dormons quelques instants et nous sentons ensuite régénérés.

Un matin Florian et Simon sont très fatigués et je me retrouve seule à l'atelier. Jerry entre et vient près de moi. Il regarde longtemps ce que nous avons fait et me dit : “C'est moi qui ai su que Florian s'appelait aussi Noé. Il a des yeux qui voient ce que les autres ne voient pas.

— Quand les eaux se seront retirées et que les animaux seront sortis, est-ce qu'il va brûler l'arche ?

— Je ne sais pas, Florence. Il ne l'a pas dit.

— Tu lui demanderas ?

— Non. Avec Florian on se raconte des choses, on fait des choses ensemble, on ne pose pas de questions, on n'est pas au collège.”

Je ne sais que lui répondre, je continue à peindre, Simon arrive et Jerry s'en va. Je raconte à Simon ce qu'il m'a dit. Il me demande :

“Tu vois Noé comme Florian ?

— Non, je vois Florian comme Noé. C'est un rescapé du déluge.”

Pendant le repas, comme Florian ne vient pas, Simon me dit :

“Je te croyais toute claire, Florence. Je découvre que tu as aussi des profondeurs noires. Florian m'en parle, parfois, en travaillant. Il en sait des choses, ce vieux bonhomme. Je croyais qu'il était seulement un peintre d'une habileté inégalable, et que pour le reste il était aussi ignorant que moi.

— Pas du tout, Simon. Il a une longue expérience derrière lui, personne ne sait où il a été pendant une grande partie de sa vie. Il écoute beaucoup, il a beaucoup vu sans doute.

— Moi, ce que j'ai appris, c'est malheureusement par la télé. Ensuite il y a eu la prison, là on apprend la mécanique de la vie comme elle est. Je suis sorti de la merde grâce à Albert.

— Albert a été aussi en prison ?

— Il a tiré quatre ans, moi deux. Toute l'équipe du port et des camions est passée par la prison, certains pour plus. Albert a créé sa société pour nous donner à tous du travail, si nous voulons changer. Ça marche, jusqu'ici un seul récidiviste.

— C'est ça, la vie d'Albert ?

— Oui, beaucoup de boulot, du sport, des camarades, des femmes. Mais je crois que ça va changer.

— Pourquoi ?

— Il adore Margot, il ne sait pas si elle prend ça au sérieux."

X

LA SIGNATURE

Depuis que l'arche vogue, il y a souvent des bruits sourds contre ses flancs. Noé va regarder à l'ouverture du toit que Florian a peinte pour lui. Il s'aperçoit alors que l'arche est loin d'être seule dans la mer immense qui s'étend tout autour. A travers les rafales il distingue de grandes formes blanches qui coupent et dominent les eaux. Il ne sait pas comment nommer ces vaisseaux de glace qui plongent très profond. Il n'est pas possible de diriger l'arche et les montagnes blanches s'approchent dangereusement d'elle. Les flots sont déchaînés, certaines vagues passent parfois au-dessus de l'arche, mais elle a été bien calculée, avec le poids de tous les animaux elle ne risque pas de basculer. Bien plus dangereuses que les vagues sont les montagnes blanches. Quand elles sont trop près, des baleines surgissent et protègent l'arche des collisions. Noé, posté à l'ouverture, peut voir deux grands bateaux blancs se fracasser l'un l'autre. A ce moment une grande vague surgit et Noé est trempé.

Une petite lumière règne dans l'arche. Elle permet de vivre mais on ne sait pas d'où elle vient. Chacun a ralenti son rythme de vie pour le déluge, sauf Florian, Simon et moi. Tous dorment à ce moment. L'esprit de Noé, au milieu des nuées et, dans l'étendue infinie de la mer, attend le retour du Seigneur. Il s'assied dans un coin, il n'écoute plus ce qui se passe au-dehors. La mer porte l'arche. L'arche contient Noé, son clan et les animaux de la terre. Et Noé, que contient-il ? C'est cela qui interroge Noé et qu'il écoute. Il entend peut-être une voix qui lui dit : Tout n'est pas en dehors mais en toi.

Le Seigneur a parlé tardivement à Noé, après l'avoir sauvé du déluge. Noé sait qu'il ne lui parlera plus ainsi et pourtant il est dans la proximité de la lumière, la lumière indécise de l'arche. Jusqu'ici, dans tous les épisodes tumultueux de sa vie, il n'y avait rien à comprendre puisqu'il ne vivait qu'à l'extérieur de lui-même. Avec le déluge il est entré à l'intérieur, avec Florian et ses deux aides. Pour aller plus loin et se maintenir dans la proximité, dans l'approche peut-être croissante de la lumière, il ne peut pas compter sur les débris de sa vie. Son esprit a été brouillé par le tumulte du monde et le bruit toujours énorme de lui-même. Sa seule espérance – s'il est possible d'espérer – est dans les mains, les mains d'or de celui que les autres appellent Florian. Seul Jerry a compris que Florian était comme lui un naufragé qui s'appelait aussi Noé. Maintenant, avant d'en sortir, il faut peindre l'intérieur de l'arche avec cette lumière que je ne ressens pas encore, et Simon non plus. Comment peindre l'arche, avec ses milliers d'animaux, son obscurité tant que dure le déluge ? Ce qui nous entraîne, c'est que Florian, qui commence à les peindre, ne sait pas comment faire non plus. Comme lui, il faut partir du noir et en faire sortir un peu de lumière. Florian commence à étendre un noir un peu somptueux, nous en composons un autre à ses côtés et peu à peu apparaît, de façon presque invisible, ce qui ressemble à la fenêtre du toit de l'arche.

Là Noé a été recouvert, en ouvrant à peine la fenêtre, par le flot d'une énorme vague, il en est ressorti trempé. Florian va faire la vague. A nous de faire Noé ruisselant et presque dans l'obscurité. Sous le pinceau de Florian on voit soudain un flot d'eau écumante qui traverse à peine la lourde fenêtre, contenue par deux mains puissantes. Il y a sur la toile trois couleurs noires face à face, mais ce ne sont pas les mêmes. Dans le flot qui entre par la fenêtre on ressent une force effrayante, que Simon soutient par le mur indestructible de l'arche. Je peins en gris presque noir un long corps dégingandé enveloppé d'un manteau trempé. Je pense confusément : Il ressemble à don Quichotte, mais je n'ai jamais vu don Quichotte. J'élève ce long corps tendu tout entier à clore la fenêtre de ses mains, mais je vois que je ne pourrai jamais faire sa tête. Je veux le dire à Florian, je n'ose pas le déranger.

J'appelle Simon, il cherche aussi dans son esprit la tête que pouvait avoir Noé au moment du déluge. Il ne voit rien, il n'imagine rien. Il regarde Florian en train d'étendre des couleurs sur l'autre partie de la toile. Il voit que Noé ressemble à Florian. Pour m'aider, il se lance dans la bataille. Il plaque des touches de noir et des reflets sur des bras, des étoffes, des cheveux gris ou blancs. Il les jette sur la toile, comme des coups de poignard. Il se souvient de la prison, quand il a tenté de se faire passer pour fou, on a voulu lui faire des électrochocs. Lui et l'autre détenu se sont débattus, ils ont hurlé. Il y a eu un immense cri de réponse dans toute la prison, les médecins ont renoncé aux électrochocs. Oui Simon a crié après avoir simulé, il le fallait. Maintenant il est entré avec moi dans son vrai métier. Il ne peut plus simuler. Dans l'arche, il faut voguer ou se noyer. C'est le piège où Florian nous a précipités tous les deux et dont nous devons sortir ensemble avec lui. Car l'œuvre est violente, et nous devons parvenir à prendre confiance en nous, coûte que coûte. Quand je vois ce que Simon a fait, je m'écrie :

"Tu l'as fait sortir du noir. C'est admirable. Va le chercher !"

Florian refuse de venir. Puis, comme Simon insiste :

"Je le verrai quand tout sera fini. Couvre son visage."

Quand c'est fait, il arrive avec sa palette et donne au grand corps quelques touches de couleur qui le font sortir miraculeusement du noir. Il me dit :

"Fais la même chose pour le visage, j'ai confiance. Je ne puis le voir maintenant."

Il s'en va, nous l'entendons descendre de l'échafaudage. Ce que Florian a fait pour le corps je tente de le faire aussi. Le visage de Noé surgit de l'ombre, presque invisible avec quelques taches de bleu, ses cheveux couleur d'écume. Simon le regarde longtemps sans rien dire, je demande :

"Est-ce que tu sens quelque chose de cette lumière de proximité dont il a parlé pour Noé ?

— Un peu, mais c'est si loin, si loin de moi. Je ne voudrais pas recommencer une pareille aventure.

— Mais, Simon, il ne s'agit pas de recommencer. Il faut se tourner vers ce qui est en soi.

— Changer intérieurement, toujours ton même refrain. Pourtant c'est aussi à l'extérieur que nos corps s'aiment et se touchent.

— Je le sais, Simon. C'est ma gloire… Dans notre vieux Florian, qui a été si souvent terrassé par la peur, il y a aussi une gloire, une espèce de grâce que nous n'avons pas atteinte. Cette grâce lui est venue de l'œuvre. Je me rebiffe souvent, moi aussi. Pourtant c'est par lui que nous nous sommes connus."

Il m'enserre dans ses bras :

"Viens, descendons, allons le rejoindre et manger. Je suis épuisé, toi aussi."

Pendant plusieurs semaines nous continuons à peindre sur le noir. Par un imperceptible rai de lumière, on voit parfois paraître le haut de la tête d'une girafe ou un fragment de l'énorme crinière d'un lion endormi. Parfois un cercle de femmes habillées de vives couleurs fait croire qu'il doit y avoir des instants de lumière.

Simon et moi nous nous habituons aux dédales, à la hauteur et aux étages de l'arche. Les provisions qui diminuent font sentir que le temps passe, toujours dans le crépitement de la pluie ou les fantastiques déchirements du ciel. Nous découvrons dans l'ombre les animaux qui mangent ou qui dorment, l'arche, malgré sa vie nocturne, ténébreuse, nous devient familière par le toucher, les bruits, les odeurs et peu à peu nous percevons la moindre trace de lumière qui surgit on ne sait comment. Nous mesurons combien Noé a été seul avant d'être sauvé par le Seigneur, par l'arrivée de Florian et de ses pinceaux. Le Seigneur ne lui parle plus, le monde du mal a été englouti mais il reste tapi dans l'arche. L'ennui pèse, comme les ténèbres. Nous sommes, Florian et nous, les seuls soutiens de Noé dans sa solitude.

Nous finissons à trois une part de tableau, puis une autre, encore une autre. Pour couper ce tableau presque noir apparaissent des scènes de ce qui suit et deviendra l'histoire. Le monde est dur, le déluge le lave mais le recouvre aussi de boue. Après reviendront des multitudes de petits bonheurs, de bonté, d'amour, de miséricorde équilibrés par les crimes, les guerres, les villes anéanties, les enfants massacrés qui nous accompagnent aussi au fil de l'existence. Tout changera, mais le monde changera-t-il ? Ce sera toujours le monde où le déluge est possible et où l'homme ne peut le combattre qu'en se transformant lui-même.

A la longue, des couleurs apparaissent. Le noir les fait briller. Florian est heureux, il nous pousse en avant :

"Des couleurs, beaucoup de couleurs, des arbres, des montagnes, les lacs, la mer..."

Il lui faut tout. Il est épuisé et nous le faisons descendre de l'échafaudage pour le faire s'étendre. Nous avons travaillé tard et nous trouvons en bas Antoinette et Margot, qui sont épouvantées par son état de fatigue et le rire terrifiant qui illumine par instants son visage. Il ne peut plus proférer une parole, il faut le faire boire, ce qu'il a refusé malgré notre insistance tout le temps qu'il peignait. Nous voyons à travers ses éclats de rire de sombres pensées monter en lui. Antoinette nous dit :

"Vous êtes très fatigués, rentrez chez vous, nous nous occuperons de tout."

En arrivant chez nous, je pense : Que nous est-il arrivé ? Florian est toujours là mais c'est comme s'il avait disparu. Qu'est-ce que cela signifie ? Que pense Simon, dont le visage ce soir est secret ?

Je lui demande :

"Parle-moi, Simon !"

Il ne répond pas. Nous nous couchons. Au milieu de la nuit je m'éveille, il est cramponné à moi, il ne veut pas faire l'amour, il me serre bien trop. Il me dit :

"Je ne veux plus que tu sois encore comme ça. Tout à l'heure quand tu peignais avec le vieux, tu étais comme lui, tu ressemblais à une folle."

Cette fois-ci c'est moi qui m'accroche à lui et je lui dis :

"Toi aussi tu étais comme fou, fou d'enthousiasme. Tu étais comme nous possédé par les dieux. Il est vrai que c'est dangereux. Beaucoup d'hommes ont connu ça, les Grecs dans la guerre et la tragédie, les juifs dans la Promesse. Seuls les Egyptiens ont osé planter leur folie, leur enthousiasme dans les pyramides. Elles les ont écrasés et elles sont toujours là.

— Je ne veux pas tuer l'enthousiasme, Florence. Je voudrais que nous ne devenions pas fous, comme Florian.

— Si nous lui proposions de faire des pyramides ?"

Simon réfléchit longtemps. Ces paroles qui viennent de m'échapper, pas plus que moi il n'en comprend le sens, mais il sent qu'il en aura un. Il me dit :

"Peut-être as-tu trouvé. Sans ça, après avoir vidé l'arche il fera un grand feu. Je le sens, tout sera perdu, et nos vies mutilées."

Florian, épuisé par son travail de la veille, est resté couché toute la journée, avec Simon je vais voir le dernier tableau que nous avons fait. Nous sommes surpris, presque émerveillés. Simon me dit :

"C'est nous qui avons fait une partie de ça. Comment ?"

Je suis aussi stupéfaite que lui en voyant la partie où j'ai travaillé. C'est bien au-delà de nous, même si on voit que les touches de Florian ont ajouté à la peinture le choc de l'exaltation des couleurs et une étincelle de folie. Nous avons été possédés tous les trois par les dieux, nous ne le savions plus, mais les traces sont là.

Le lendemain quand nous arrivons, Florian est en train de préparer ce qu'il appelle une nouvelle tranche. C'est le début d'une mer démontée.

“Faites là-dessus votre pyramide.

— Comment ?”

Il ne répond pas.

Antoinette nous procure quelques livres qui contiennent des gravures des pyramides encore à demi ensablées, et d'autres avec des photographies de l'époque actuelle. Nous travaillons, Simon et moi, plusieurs jours. L'énorme construction qui apparaît est très réaliste avec les plaques de basalte qui persistent encore, les craquelures dans les pierres et les formidables soutènements qui les ont rendues possibles. Nous avons peint la nôtre en gris, puis presque blanche, mais une nouvelle couche s'impose et devient d'un rouge ancien très beau. Nous sommes déconcertés. Simon dit :

“Cette couleur demanderait un grand ciel jaune et blanc.”

Ce n'est pas ce que fait Florian. Des deux côtés de la pyramide il peint des vagues énormes sur lesquelles on voit au loin flotter l'arche battue par une pluie d'orage qui semble presque noire. Il ne nous voit plus. La pyramide achevée nous nous écartons un peu de la toile pour mieux la contempler mais il ne nous donne pas d'indication pour continuer. C'est le soir où je dois rester près de lui pour la nuit. Florian peint avec fureur, je l'aide à faire tomber des nuées d'eau tout autour de l'arche. Simon souffre, et croit qu'il n'a plus rien à faire là. Il m'embrasse et je sens qu'il me voit aussi en transe, ce qui est peut-être vrai.

Il descend de l'échafaudage au moment où Margot arrive. Je l'entends lui crier :

"Ils sont fous, essaie de les faire descendre, manger et dormir."

Il s'en va furieux avec peut-être l'espoir de trouver Albert au port et d'aller boire avec lui.

Je ne sais pas comment je suis parvenue jusqu'à mon lit. Je dors encore, je ne peux pas m'éveiller mais je sens une présence qui m'entoure de son regard amoureux. J'ouvre à peine les yeux et je vois Simon à genoux à côté de mon lit qui essuie avec douceur des larmes qui coulent de mes yeux. Qu'est-ce que j'ai rêvé ou vécu pour pleurer ainsi ? Je le serre dans mes bras. La soirée d'hier me revient un peu à l'esprit, je lui demande avec crainte :

"Et Florian ?"

Il répond :

"Cela aurait pu être pire."

A ma demande, il m'aide à me lever et nous allons à la chambre de Florian. Nous voyons son long corps étendu de travers, il a rejeté la fine couverture et le drap dont l'avait recouvert Margot. Je suis effrayée, il me semble d'abord voir un squelette et son terrible rire commencer à percer les traits émaciés et creusés de Florian. Tout en le soignant et en tentant de le faire boire, je pense une fois de plus : Il ressemble à don Quichotte. Oui, je crois le voir sur un grand bidet maigre, son pinceau à la main prêt à foncer contre le déluge ou à se faire berner très haut par des paysans hilares.

Nous le faisons boire encore, il ne s'éveille pas, il est plongé dans un sommeil profond. Simon me regarde étrangement, il dit :

"Dire que c'est ce Florian qui t'a guérie !

— Viens plus près.”

Il me serre dans ses bras :

“Pourquoi as-tu tant pleuré ? Un rêve ?

— Je crois que j'ai rêvé à nouveau ce matin de la chose terrible que Florian a faite hier. Notre pyramide si belle avec ce rouge que nous avions trouvé tous les deux, il l'a fait renverser par une vague. Elle va couler, elle coulera tout à fait dans le tableau en dessous.

— Florence, cesse de pleurer, tu es épuisée, tu as à peine bu, tu n'as pas mangé, Margot me l'a dit. Est-ce que tu veux manger quelque chose ?”

Je le regarde en riant :

“Tu t'es saoulé hier soir, ne me demande pas de manger ce matin. Allons à la cuisine, je ferai un café bien fort.”

Quand nous sommes réconfortés par ce café, je demande à Simon :

“Et toi, qu'as-tu fait hier soir ?

— J'ai bu, bien plus qu'Albert, il a dû me reconduire. J'ai eu beaucoup de peine à rentrer chez nous. J'avais peur de t'éveiller, Florence, j'avais oublié que tu n'étais pas là, ça m'a rendu furieux et j'ai cassé pas mal de choses avant de me retrouver ce matin couché par terre.”

Nous allons revoir Florian, le faisons boire, il ouvre à peine les yeux, se retourne et se rendort. Simon me demande :

“Qu'est-ce qui s'est passé hier ?

— Il a fait des vagues beaucoup plus hautes. Notre pyramide a fini par s'approcher dangereusement de l'arche. Il a évité l'accident en foudroyant la pyramide qui s'est mise à sombrer. Je pleurais mais il était comme fou et je ne pouvais pas l'arrêter. En dessous, il a fait la pyramide sous l'eau, elle a commencé à changer de couleur, il n'y avait plus de soleil, plus de ciel, rien que la mer où elle devenait peu à peu grise, comme la vieille Église de Rome. C'est comme s'il avait attaqué notre amour. Lui ne m'entendait plus. Il était comme le vent, l'ouragan, les trombes d'eau et l'arche en haut était sauvée. Je délirais, je me débattais, je donnais des coups de poing en l'air. Il avait oublié mon existence. Heureusement Margot est arrivée. Elle m'a aspergée d'eau, elle m'a secouée et finalement elle est parvenue à me faire descendre dans ma chambre. Elle m'a fait une tisane, je pleurais, je ne pouvais plus m'arrêter. Elle a été bonne comme toujours. Je me suis endormie, je ne sais pas comment elle s'est débrouillée avec Florian. Enfin, il est couché maintenant, il dort. Nous avons été un peu fous tous les deux hier soir, chacun de notre côté, et maintenant je vois que ton amour est toujours là.

— Tu penses que nous avons été possédés par les dieux, Florence, mais quels dieux ?

— Après des années de génie, Dionysos, qui est un ensemble de dieux corporels, a fini par terrasser Nietzsche, le poète et philosophe qui s'était laissé posséder par lui. A la fin, celui-ci embrassait la tête d'un cheval en l'appelant Christ ou Dionysos. Un ami l'a ramené chez lui en voiture de troisième classe. Long supplice, les noms du Christ ou de Dionysos s'échappaient encore parfois de lui. Ensuite, il a été réduit au silence, il n'a plus parlé ni écrit jusqu'à sa mort. C'est peut-être ce qui attend notre cher Florian."

Simon me dit :

"A nous de le protéger, Florence, car nous sommes, nous ses amis, son petit hôpital. Il a su le créer peu à peu avec cette ruse inconsciente qui se manifeste souvent chez lui."

Nous allons voir ce qu'il a fait hier. Notre belle pyramide a toujours ce rouge ancien merveilleux que nous avons, je ne sais comment, atteint, mais elle est couchée sur le flanc, foudroyée. Elle est toujours aussi belle, mais à moitié plongée dans le gouffre du déluge. A l'étage en dessous on peut la voir, qui fait naufrage et sombre dans la mer en changeant de couleur. Je ne ressens plus le désespoir que j'ai éprouvé la nuit dernière et Simon est déconcerté, déçu, sans plus. La pyramide, sombrée, est toujours belle. Florian a respecté, tout en le modifiant, ce que nous avions senti et peint. Simon me dit :

"La pyramide va descendre jusqu'au fond, avec ses mystères, et, nous, nous devons continuer à nous élever sur elle par les deux côtés qui sont à l'ombre.

— C'est merveilleux, ce que tu viens de dire... Un vrai projet de vie ensemble."

Il y a eu encore une longue période de travail, coupée pour Florian par des escapades avec Jerry et les merveilleuses histoires qu'ils se racontent l'un à l'autre. J'ai découvert que Simon était un excellent plongeur, très expérimenté et j'ai pu réaliser avec lui mon rêve d'apprendre la plongée sous-marine. Un jour que nous nous sommes épuisés très longtemps devant la toile à répondre aux exigences presque toujours silencieuses de Florian, je lui demande : "Comment sais-tu tout ce que tu sais ?

— J'en ai fait des choses, dit Florian, avant le déluge et dans les intervalles."

Simon demande :

"Les intervalles de quoi ?

— De ma folie, de la prison, de l'hôpital, de mon interminable fuite, et tout cela me menait toujours vers le feu. Enfin j'ai trouvé Florence, puis toi et les autres, et Jerry, et quand j'ai envie de brûler un dessin ou une peinture, personne ne m'arrête plus. Le feu, oui, le feu est toujours là, mais il ne brûle plus tout."

Pendant des jours, des semaines, des mois, nous peignons à côté de Florian, non pas avec ses mains d'or, mais avec ses yeux d'aigle ou d'ange, le déluge, notre planète et sa courte histoire. La Bible, la Grèce, Rome, l'islam y ont leur place. Le Vedânta, la *Bhagavad-gîtâ*, les Royaumes combattants, le Tao, les monastères cisterciens, les Indiens d'Amérique et les mythes de l'Afrique, tout y figure dans un entremêlement sacré. Parfois il s'arrête pour faire d'autres tableaux et des dessins dont il brûle une grande partie avec une joie indescriptible. Il en reste toujours une partie que Margot et moi envoyons à Hellé. Nous avons tous les trois besoin de nous documenter. Hellé engage Antoinette pour cela. Quand Margot voit que Simon et moi sommes trop surmenés, elle le dit à Florian qui nous envoie nous reposer. Ainsi, nous avons connu un peu le monde, pas celui des grandes villes que nous connaissions déjà, mais celui des petits villages, des forêts, des approches du désert. Parfois Florian disparaît, un jour ou deux, mais personne ne sait où il va. Une fois il s'en va pendant une semaine. Tous pensent qu'on va retrouver son cadavre quelque part, mais non, il est de retour un matin, tout en loques, chez Jerry qui était le seul à être sûr de le voir revenir.

Jerry est grand maintenant, c'est lui en général qui vient voir Florian. Il s'assied sur un banc, que Margot a fait placer près du seuil de l'atelier ou en hiver dans l'atelier même. Ils se racontent des histoires, qui souvent les font éclater de rire. Jerry ne va plus au collège, avec l'aide de Margot il suit des cours par correspondance et avance beaucoup plus vite. Il fait beaucoup de musique avec Antoinette et dans un conservatoire. Florian garde son endurance. D'après le professeur qui m'a soignée autrefois, son cas est extraordinaire :

"Il peut encore durer, ou tomber subitement de surmenage du cœur."

Nous approchons de la fin, Florian retire les voiles qui cachaient les différentes tranches de l'œuvre. Elle nous semble magnifique et le visage de Florian s'illumine comme si tout d'un coup l'âge l'avait quitté. Nous regardons longtemps, sous tous les angles, Florian nous dit :

"Il manque quelque chose. L'essentiel."

Nous restons bouche bée. J'ose demander :

"L'essentiel ?"

Il me répond :

"Le déluge."

Simon, de plus en plus stupéfait :

"Mais tout ça ce n'est pas le déluge ?"

Florian se tourne vers moi :

"Tu te rappelles un soir, le poème que tu répétais : *O bruit doux de la pluie, par terre et sur les toits*, je t'ai dit : Il faut peindre la pluie et la faire entendre. C'est ce que nous devons faire maintenant. Vous vous demandez comment ? Il faut oser, il faut chercher. Trouver comme support une toile très mince, transparente, sur laquelle nous peindrons la pluie et les tempêtes."

Sa pensée nous paraît tout de suite évidente. Il ajoute :

"Nous ne trouverons pas une toile comme ça en Europe. Il n'y a qu'en Inde qu'on fait encore des choses aussi fines, dans des petites villes."

Antoinette se met à l'œuvre sur Internet et adresse des demandes d'échantillons à quelques artisans qui fabriquent encore des tissus merveilleux.

Quand la colombe revient avec un rameau d'olivier, nous voyons tout de suite qu'il ne suffit pas que les eaux du déluge baissent. La terre est recouverte de boue, pour sortir il faut attendre qu'elle sèche, sans cela on serait vite englouti. En se retirant, les eaux retournent dans les rivières et les mers. Nous peignons maintenant d'immenses surfaces de boue que le soleil durcit. Cette boue est extraordinairement féconde. Le monde va reverdir, les arbres de boue se couvrent de feuilles, çà et là l'herbe et les fleurs apparaissent. Les animaux commencent à s'éveiller, il est temps qu'ils sortent. C'est Simon qui devra ouvrir la grande porte d'entrée de l'arche. Sur le tableau, je l'habille de rouge, et, face à l'immense porte noircie par les eaux, il est encore plus beau. Les animaux sortent peu à peu, il leur est interdit par les couleurs de s'attaquer les uns les autres. Une grande semaine de bonheur, sans peur et sans lutte pour la vie, les attend. Ils descendent lentement de l'arche, beaucoup ne sont plus habitués à marcher et ne songent encore qu'à dormir. Leurs instincts s'éveillent peu à peu. Les chevaux, les zèbres, les cerfs et les biches s'élancent et se risquent à galoper. Les oiseaux s'envolent dans le ciel et se dirigent vers les forêts et les montagnes. Simon règle leur départ et a pour chacun d'eux un geste d'allégresse.

Quand Noé sort, il invite ses fils et leur clan à dresser leurs tentes là où le sol le permet. Le projet et la construction de l'arche sont venus du Seigneur pour protéger la Terre de l'eau, il faut maintenant lui rendre ce qu'il a conçu, sous la forme du feu. Nous comprenons ce projet, mais nous avons peur que Florian en l'exécutant ne brûle tout le tableau. Nous commençons tout de suite à démonter l'arche, et comme des plantes et des fleurs merveilleuses ont poussé sur le toit couvert de boue, nous enlevons d'abord les côtés pour laisser subsister les montants de la carène et la toiture mouvante et colorée qui réjouit notre vue.

Le bûcher de l'arche sera au centre de la dernière série de tableaux, au bas de notre énorme peinture. Florian peint là un grand foyer de pierres levées, un autel où brûleront des bûches découpées dans l'arche. Elles vont monter très haut et former une sorte de tour. Florian, avec lenteur, allume le feu sacré, à nous de l'aider à le faire monter. Nous devons, Simon et moi, veiller à ce qu'il ne s'égare pas, ni ne détruise ce qui doit demeurer vivant de nos peintures. Nous comprenons maintenant la raison de la large place réservée au centre par Florian, mais suffira-t-elle pour l'énorme flambée qui se prépare ?

Le feu grésille, il commence à s'attaquer aux premières bûches. Tous les hommes du clan sont en train de démonter l'arche et vont bientôt lui apporter de redoutables aliments nouveaux. Cela risque de n'être pas seulement le feu d'un autel sanctifié par la main du Seigneur, cela peut devenir un énorme incendie qui durera longtemps, peut-être jusqu'à la fin des temps. Simon et moi évitons de le laisser s'étendre sur les côtés et le forçons à s'élever selon la pensée de Florian. Nous voyons que le feu va devoir affronter toujours le mouvement des océans, des fleuves, des orages et le froid des longs hivers terrestres.

Florian, Simon et moi nous élevons sur les échafaudages pour faire monter le feu. Il produit une telle chaleur, un tumulte si effrayant que nous devons nous prendre constamment par la main et respirer ensemble en nous rappelant que c'est nous qui peignons ce feu qui ne peut nous consumer.

Nous faisons s'élever le feu pendant trois jours, il a pris la forme d'une grande flamme qui s'amincit au sommet. Tout en haut de l'échafaudage il n'y a place que pour un seul peintre et Florian y travaille seul. Je cherche à ne pas le regarder quand il approche d'Eve, mais Simon ne peut s'empêcher de le suivre des yeux et son angoisse pénètre en moi. Il me souffle :

"Il va effacer Eve avec sa flamme, je crois qu'il a aussi une bougie en main…"

Je lui réponds d'une voix dure, crispée :

"C'est lui qui a fait Eve, il a le droit !

— Mais Florence… c'est la naissance de notre amour."

Je vois la bougie de Florian s'approcher de la toile, la brunir. J'entends Simon crier : "Non… non !"

Je redis : "Il a le droit."

Simon descend de l'échafaudage, se précipite hors de l'atelier et sort en claquant la porte. Il pleure peut-être.

Tout en pleurant moi-même, je me redis de toutes mes forces : "Il a le droit !"

Il y a un moment terrible qui s'écoule je ne sais comment, je pleure, les yeux fermés. Je sens la main de Florian se poser sur mon bras, comme il aime. Il me dit doucement : "Soutiens-moi…" Je vais à côté de lui. Le feu, en montant jusqu'à Eve, l'a changée sans la détruire. Certaines parties de son corps sont roussies par le feu, d'autres se laissent voir sous la flamme qui leur ajoute des fulgurances sombres de vitrail. Une partie de son corps et de son visage demeure comme elle était. Eve est présente, transformée par le feu. Ce n'est plus la même, je comprends, je ressens le désespoir de Simon. Pourtant c'est beau, d'une autre beauté, d'une autre vérité.

Florian s'accroche à mon bras. Il va tomber, je parviens à le soutenir et je l'entends me dire avec peine :

“Eve... trop belle ! Toi... peux pas vivre, Eve.. Florence... Vivre Florence, c'est plus vrai... Florence, Florence...”

Il me semble qu'il crie dans tout mon corps, qu'il balaie les restes des terribles erreurs de ma mère dans mon esprit. Je comprends, je comprends enfin la vérité de ce qu'il vient de faire, la nécessité de ses paroles. J'embrasse ses mains, je me sens soulagée d'un poids immense que j'ignorais. Il était là, invisible, prêt à me sauter à la gorge et à nous briser, Simon et moi, par les illusions de la seule lumière et l'oubli de la nuit et de la mort.

Florian me dit : “Simon est là. Appelle... Appelle...”

J'appelle Simon qui monte et m'aide à asseoir Florian sur l'échafaudage. Il lui apporte à boire. Il n'a plus son air désespéré. Il regarde la nouvelle Eve que Florian et le feu ont fait naître. Il ne peut plus en détacher son regard. Florian souffle :

“Plus Eve, Florence !”

Simon regarde longuement les couleurs nouvelles que la peinture a prises, me prend dans ses bras, me soulève : “C'est Florence que j'aime.”

Un bonheur incertain, fragile, peut-être le bonheur possible nous unit.

Sur les longues et admirables toiles de soie transparentes que nous avons reçues d'Inde, Florian commence à peindre les pluies et les tempêtes du déluge. Il se charge des parties les plus ténébreuses et les plus difficiles et nous confie les autres. Nous commettons beaucoup d'erreurs au début, Florian aussi.

C'est un immense et très long travail, la toile est si grande que nous ne pouvons pas imaginer le résultat de nos efforts et nous avons souvent le sentiment de travailler en aveugles. Quand une partie de la toile est finalement mise en place, surprise et grande joie de la regarder enfin ! On voit les scènes à travers l'eau qui tombe sans fin et les ouragans du déluge. On croit aussi entendre la pluie et les trombes d'eau battre le toit et les parois de l'arche. Florian sourit en me regardant et me souffle : *"O bruit doux de la pluie."* Nous sommes arrivés, tous les trois, à le faire entendre. Florian pense sans doute : Il faut du temps, beaucoup de temps et, parfois, ça survient. Simon n'y croyait pas et maintenant il semble écouter avec moi la pluie et les tempêtes du Déluge.

J'apprends par un appel de son mari que Hellé, qui depuis quelques jours n'appelle plus Florian, a dû subir une opération très délicate et est encore gravement malade. Il demande à Florian de venir la voir. Florian part le lendemain.

Margot me raconte que Jerry a dit à son père qu'il ne voulait pas s'occuper d'affaires plus tard. Il préfère, dès que ce sera possible, entrer au conservatoire et devenir musicien et compositeur. Le père est furieux, mais Jerry tient bon. Inès connaît depuis longtemps sa passion pour la musique, mais elle croyait jusqu'ici que le préparer à reprendre les affaires de son père était une voie plus sage.

Elle a senti que ni Jerry ni son père ne céderaient, et en considérant la vie affairée et toujours dans l'urgence de son mari, elle a pris le parti de Jerry. La colère est née entre eux. Peut-être vont-ils se séparer, Inès a décidé en tout cas de reprendre plus activement son cabinet d'avocat pour pouvoir soutenir au besoin son fils pendant ses études.

Florian nous téléphone. Il a revu Hellé à l'hôpital de Paris où travaille son mari, qui est un chirurgien célèbre. Il n'a pas pu lui parler, Hellé lui a fait dire : "Je viendrai voir *Le Déluge*", mais son mari ne sait pas si cela lui sera possible.

Je travaille avec Simon aux retouches à faire à certaines scènes et à l'autel d'où monte le grand feu. Florian revient, il est atterré de n'avoir pu parler à Hellé, mais il est aussi dynamisé par sa promesse de venir voir *Le Déluge*. Il travaille avec un élan forcené en alternant des moments très sombres et d'autres d'une gaieté magnifique.

Nous commençons les scènes du bas, l'écroulement des tours de Manhattan d'abord, avec son formidable choc de poussière, de feu et de mort. Simon a envie de se livrer là à la puissance des forces de destruction qui bataillent encore en lui. Florian le retient. C'est un grand nuage, un affreux moment d'obscurité avant la mort des victimes et des sauveteurs qu'il faut montrer. Une obscurité créée par les hommes. Rien que par eux.

Nous passons ensuite à l'édification de la tour de Babel, à son ébranlement, aux fissures qui montrent que la Terre n'accepte pas de porter le poids de cette œuvre d'orgueil. La tour est abandonnée, les peuples du monde se dispersent dans toutes les directions emportant leurs machines, leurs bêtes et leurs outils. La tour peu à peu s'écroule et un tremblement de terre envoie au loin ce qui n'est plus que vent de sable et désert. Le désordre dans lequel me semblait avoir été peint le déluge a disparu et je vois que Florian a conçu notre œuvre selon les règles invisibles du nombre d'or.

Pendant ces dures semaines où Florian va au-delà de ses forces, Jerry vient deux ou trois fois par jour le voir. Il lui apporte des boissons, des fruits superbes, et prépare aussi bien que lui le café, que nous prenons ensemble. Florian ne parle plus guère qu'à Jerry, dans leur langue originelle. Quand la tour de Babel s'écroule dans un puissant soulèvement du sol, Florian demande à Simon de nettoyer les deux cases encore libres de l'autre côté de l'autel du feu. Simon ramène à grand-peine la toile nettoyée à son état primitif.

Pendant ce temps, Florian me demande de revoir avec lui l'état de chacune des parties de notre œuvre. Beaucoup datent de plusieurs années et sont couvertes de poussière ou tachées par des éclats de couleurs. Nous revoyons, scène après scène, tout le déluge. Nous examinons l'ensemble avec attention et lorsque j'ai des doutes j'appelle aussi Simon. Si la toile est couverte de poussière, Florian se contente d'abord, avec un chiffon, d'en dégager une petite partie. Il se tourne alors vers moi et me demande : "C'est bon ?" Si je réponds oui, nous nettoyons d'abord ensemble la toile et il fait en cas de nécessité quelques retouches. Si je dis non il nous entraîne à reprendre à trois toute la scène et il y apporte parfois des changements considérables. Avant de passer à une autre toile, il me dit : "Je peux ?", ce qui me trouble jusqu'aux larmes. Quand je réponds : "Tu peux" nous regardons longtemps le tableau auquel il ne touche plus ou fait parfois des ajouts qui me semblent souvent violents ou exagérés, mais je m'aperçois peu après qu'il avait raison. Au cours de ce long travail nous sommes stupéfaits, Simon et moi, de voir que lui qui nous a tout appris accorde une telle importance à nos regards. Que veut-il nous dire ainsi ? Nous savons bien que nous ne sommes pas ses égaux quant au métier ni par la rapidité foudroyante de son inspiration. Il nous dit autre chose et peu à peu je parviens à le comprendre, il nous affirme par ses actions : "Cette œuvre n'est pas la mienne, elle est la nôtre."

Sur les deux dernières parties que Simon a nettoyées, nous peignons le fond obscur et traversé de rayons obliques de l'océan, et cette fois il nous fournit des indications. Il me demande de donner un titre au tableau. Je suis prise de court. Je regarde non pas le déluge ni l'arche mais le visage en attente de Florian. Je me décide et j'écris : *L'Œuvre infinie.*

Florian sourit, peut-être qu'il se sent compris. Simon semble penser aussi que c'est bien ce que nous avons fait : l'œuvre qu'on ne peut pas finir parce qu'elle va vers la vie. La vie qui continue et qui continuera sous des formes imprévisibles. Ensuite, Florian enduit sa main de blanc, Simon et moi faisons de même, nous imprimons nos empreintes sur la toile. Plus tard, nous les signons.

XI

HELLÉ

Couchée dans ce train, je roule vers le déluge. Jacques, mon mari, a désapprouvé ce voyage, il craignait pour ma santé, il a finalement compris que je devais le faire et m'entoure de soins et d'attentions touchantes. Moi qui, comme médecin, épouse et mère me suis toute ma vie occupée des autres, je ne leur sers plus à rien. Ils tentent tous de me persuader que je vais reprendre mes forces, je connais trop les choses pour me faire des illusions. Pour me rétablir il me faudra beaucoup de temps et je serai de toute façon très diminuée.

J'ai toujours soigné mon corps avec attention, avec compassion parfois, pour être prête à aider les autres. Prête à suivre mes patients dans le cours aventureux de leurs pensées et de leurs fantasmes. Prête à vivre avec mon mari et mes enfants une vie familiale libérée par l'amour et la confiance. Voilà que soudain je suis tombée dans mon corps comme on dégringole dans un trou, qu'on tombe à la renverse dans une passion déchirante ou un très grand amour. Ma pensée est seule à me soutenir encore. Le présent file, file et l'avenir n'existe presque plus. C'est ça la vérité, je dois bien le reconnaître.

Florian est entré et revenu dans ma vie sans que je m'y attende. Je l'ai lancé dans l'immense aventure du déluge, par une phrase qui m'a échappé, qui l'a orienté peut-être vers ce qu'il attendait depuis si longtemps. Ainsi j'ai fait tomber Florian dans le déluge de la peinture comme j'ai dévalé à mon tour dans le déluge de mon corps. Florian est délivré de la peur qui le dominait depuis son enfance et il a su maintenir en lui le feu dans de justes limites. C'est moi qui lui ai permis de manifester son génie grâce au choc ou à l'alliance de nos deux inconscients. Florian, le camarade Floc, a fini – c'est presque incroyable – de peindre le déluge et ses avertissements. Il a besoin que je le voie d'abord pour s'en aller en lui.

Jacques a compris. Il a fait le voyage avec moi, il verra lui aussi le déluge et connaîtra cette part de folie qui est en moi, qu'il ne connaissait pas, qui ne lui était pas destinée, malgré notre amour. Voilà des années que j'accompagne et suis Florian en pensées, par mes messages et par notre langage d'oiseaux. Je l'ai vu peu à peu former Florence et Simon et, sans rien dire, les appeler à son propre niveau. Il a fallu pour cela un sacrifice et un sacrifié. Florian a aimé Florence d'amour, il a dépassé ce stade, il lui a permis de voir qui elle était. Il ne l'a pas voulue pour lui mais pour la donner à Simon et Simon à Florence. Il y avait trois blessés, trois blessures, on s'aime aussi par ses blessures. Est demeurée celle de Florian, elle a dû saigner beaucoup dans le déluge.

Nous approchons de la ville, Jacques me dit : "Laissons les gens descendre, ce sera plus facile." Deux femmes et un adolescent – ce doit être Florence, Antoinette et Jerry – nous attendent. Nous descendons, c'est malaisé pour moi avec ma béquille. Jacques dit avec une certaine autorité à Florence qui se précipite vers moi : "Laissez-nous faire, nous avons l'habitude", et il me fait descendre. Florence se présente, elle est surprise de me voir si courbée, si vieillie. Jerry avance la chaise roulante que Jacques a demandée. J'ai un peu honte à nouveau de traverser toute une gare animée au milieu de gens qui me regardent avec compassion. Oui, je suis tombée dans mon corps, tombée à la renverse et c'est mon corps qu'on transporte, qu'on soigne et qui dépend totalement des autres. Je suis une assistée, comme tant de ceux que j'ai soignés, comme étaient mes enfants quand, tout petits encore, ils me donnaient tout ce qu'ils possédaient : leur amour.

L'ambulance est là, des bras solides me retirent de mon fauteuil, me soulèvent, s'occupent de moi. Jacques est dans la voiture et malgré sa présence je suis un objet couché à une place qui m'est assignée par d'autres, quelle que soit leur bonté.

Nous arrivons à l'atelier. Je ne m'attendais pas à une aussi vaste construction. A la porte je demande à Jacques et Antoinette de ne plus me soutenir par le bras car je veux entrer toute seule avec mon corps blessé, avec ma béquille face au déluge. Je passe la porte, je me sens toute courbée, toute petite, j'avance à pas minuscules. C'est ainsi que je veux que Florian me voie. Il comprend tout de suite que je ne suis plus le professeur Hellé ni celle à qui il a donné son casque de motard dans une manif. Il me regarde, il est très ému, nous n'éprouvons pas le besoin de nous parler, un fauteuil m'attend.

L'immense déluge est devant moi, je le devine seulement à travers le voile de pluie et d'orage qui le recouvre. Florian fait un signe, Simon et Florence écartent un double rideau et je vois la stupéfiante succession des scènes. Je ne puis les regarder toutes, je n'en ai plus l'énergie, mais je ressens que la force, le danger, l'espérance sont partout. Je vois tout en haut celle qui fut Eve, en qui Florian, grâce au feu, a su faire apparaître Florence, telle qu'elle est ou qu'elle sera un jour. Je vois que sous des formes diverses les hommes se menaceront toujours d'autres déluges. C'est vrai, c'est lourd, je me fatigue, Jacques hélas le remarque, il dit à Florian : "Cela excède ses forces, il faut que nous partions." Florian demande : "Etendez le premier voile."

Florence et Simon le mettent en place et à ma grande surprise un tableau nouveau apparaît. Toutes les scènes du déluge à demi voilées forment ensemble une arche sublime dont la proue, portant le feu du Seigneur, s'avance vers nous avec une majesté souveraine. Cette admirable vision de la survivance de la vie, malgré le déluge, semble miraculeuse. Mais il n'y a pas de miracle, rien que le lent apprentissage de la vie et de l'art par Florian, sa lutte pour la liberté de l'imagination et la transmission qu'il en a faite à ceux qui ont travaillé avec lui. En cette œuvre le mystère se joint à la clarté promise à ceux qui viendront la contempler.

Il faut partir, je me lève avec l'aide de Jacques et d'Antoinette. Je me réjouis qu'il n'y ait toujours aucun échange de paroles entre Florian et moi, rien qu'un double regard d'admiration et d'amitié intense. Je m'en vais, je veux sortir seule de l'atelier, petite chose noire et blanche échappant à l'univers des couleurs qui s'est édifié là.

Jerry n'a pas cessé un instant de me suivre des yeux, il monte dans l'ambulance à côté de Jacques. Il sent avant tous les autres que l'événement est proche. A la gare tandis qu'on me pousse dans le fauteuil roulant je lui dis : "Ce sera bientôt à toi de fermer les yeux de celui qui a su voir le déluge et la compassion de l'arche." Il me répond : "J'ai promis à Florian de faire ce qui manque et de composer, un jour, l'arc-en-ciel, en musique."

Louveciennes, le 7 juillet 2009.

TABLE

OUVRAGE RÉALISÉ
PAR L'ATELIER GRAPHIQUE ACTES SUD
ACHEVÉ D'IMPRIMER
SUR ROTO-PAGE
EN FÉVRIER 2010
PAR L'IMPRIMERIE FLOCH
A MAYENNE
POUR LE COMPTE DES ÉDITIONS
ACTES SUD
LE MÉJAN
PLACE NINA-BERBEROVA
13200 ARLES

DÉPÔT LÉGAL
1re ÉDITION : MARS 2010
N° impr. : 75862
(Imprimé en France)